자연관찰사색

용문소로일기

키므네

프롤로그

자연을 보면

자연에서 살고 싶어 집을 지었다. 우리 집 건축 팀장은 나였다. 할 일이 정말 많았다. (집 한번 지으면 십 년은 늙는다는 말은 일리가 있다) 집만 다 지으면 삶이 여유로워질 줄 알았다. 9월에 드디어 집이 완공되었고, 입주까지 했는데 어째 난 여전히 바빴다.
새집엔 없는 게 너무 많았다. 식탁도 없었고, 의자도 없었다. 하다못해 쓰레기통도 없었다. 필요한 것을 하나하나 채워야 했다. 온종일 인터넷 쇼핑으로 물건을 고르고, 택배를 받았다.

어느 날, 택배를 받으려고 현관문을 열었는데 문이 잘 열리지 않았다. 문틈으로 겨우 내다보니 탑처럼 쌓인 거대한 택배 상자가 문을 막고 있었다. 해외 배송으로 주문해서 한 달을 기다린 식탁 의자 두 개와 이 층에 놓을 빈백 두 개가 하필 같은 날 배송이 된 것이다. 그렇게 기다렸던 건데. 식탁 의자만 있으면, 빈백만 있으면 다 될 것 같았는데. 되기는 무슨. 구역질이 났다. 물건 무게에 짓눌려 숨이 막혔다.

그러다 창밖에 시선이 닿았다. 내가 보지 못한 사이에 모든 게 붉게 물들어 있었다. 저렇게 예쁜 빨강이 있었던가. 경이로웠다. 자연이 나를 가득 채웠다.

'그래, 이걸 보려고 집을 지었지.'

집을 아무리 자연 한가운데 지어놓으면 뭐 하나. 그 집에서 핸드폰만 보고 있으면 다 소용없다. 그냥 고개를 돌려 자연을 보면 된다. 자연은 언제나 그 자리에서 자신의 온전함을 기꺼이 나누어준다.

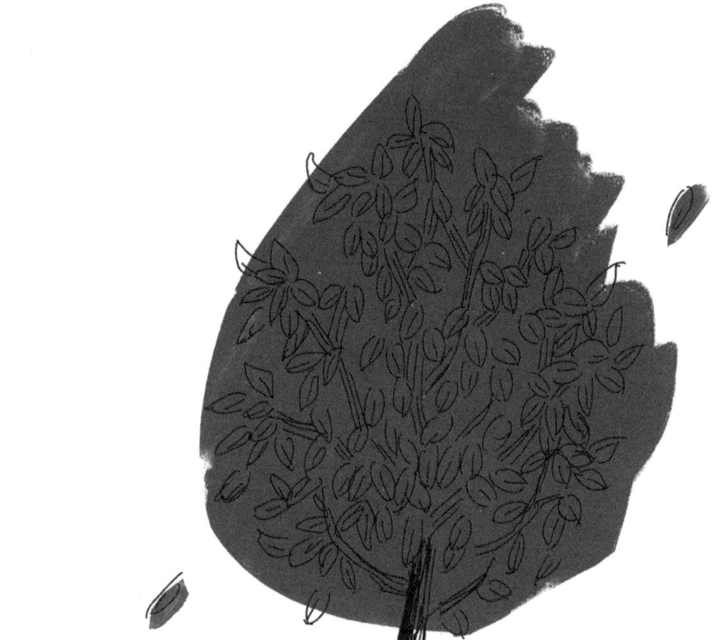

차례

용문소로일기 가이드

읽기 안내

1. 경기도 양평군 용문면에 살면서 자연을 관찰하고 사색한 글과 그림, 만화를 모았습니다.

2. '헨리 데이비드 소로'의 팬입니다.

3. 캐릭터와 톤이 다양한 점 이해 부탁드립니다.

등장인물 소개

키므네

(올드)키므네

(뉴)키므네

봄(첫째)

(올드)봄

(뉴)봄

나무(둘째)

선달(남편)

어머니

자연을 자세히 바라보면
이미 충분하고 충만하다는 걸 알게 된다.

1부

용문소로

나비

나비가 유리를 통과하려 애쓰는 데 시선을 둔다.

그런 걸 기록할 때 나답다고 느낀다.

그런 것을 기록하지 못할 때 나는 나답지 않다.

전봇대의 여름옷

전봇대도 여름엔 여름옷을 입는다. 덩굴 식물이 밑에서부터 타고 올라가 초록색 니트를 뜬다. 매일 지나는 논길 끝 전봇대는 어느 날 조끼를 입었다. 다음에 보니 뜨개옷은 옆 나무가 뻗은 가지까지 이어졌다. 마치 전봇대에 가지가 생긴 것처럼 보인다.

모두가 힘을 합쳐 전봇대도 자연에 편입시켜주려는 것 같다.

회색이 점점 자취를 감춘다.

형광색

나는 형광색이
인공적인 색이라고 생각했는데
형광 노랑
형광 연두
인디 핑크
카키
너무 인위적이야
눈 아파
자연스러운 건 약간 톤 다운된 색
양평 스타일ㅋㅋ

자연을 가까이 보니 맑은 날 하늘은
와…
마을회관 옆에 쓰레기 버리러 옴
일반쓰레기 10ℓ 양평군
형광 하늘 색.

화장실 창문 밖 나뭇잎은

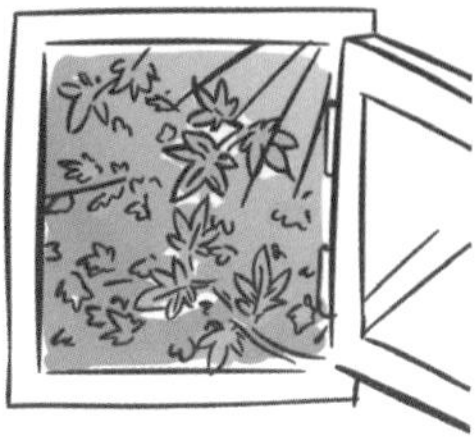

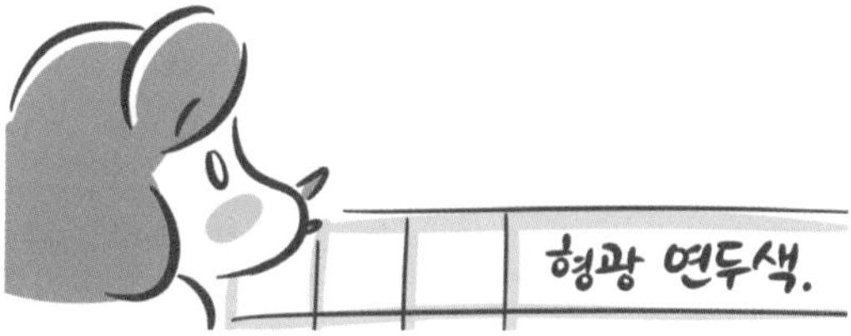

형광 연두색.

비 온 뒤 거미줄에 맺힌 물방울은 형광 회색.

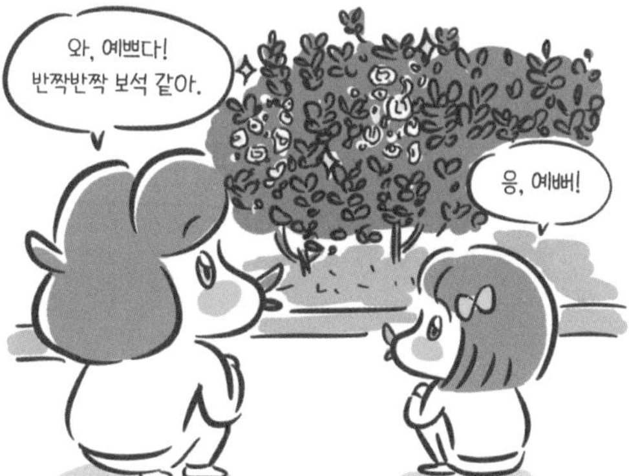

와, 예쁘다!
반짝반짝 보석 같아.
응, 예뻐!

해 질 녘 붉게 물들어 가는 하늘엔
와...
형광 노랑,
형광 주황.
형광색은
자연스러운 색이었어!

선달씨에게 얘기하니
잉?
형광색이 자연스럽다니
말도 안 돼!
난 내 눈으로 보기 전엔
믿을 수 없어.
의심이
많은 타입
칫!
이 도마야
콧방귀를 뀌었다.
어느 날,
엇!

하늘이...
형광색이야!
와...
ㅋㅋ 거 봐, 내 말이 맞지!

은은한 달빛

시골의 밤엔 불빛이 많지 않다. 집들이 떨어져 있고, 가로등도 적다. 밤에 불을 끄고 봄이를 재우려다 봄이 얼굴을 한참 봤다.

"엄마, 왜요?"
"봄이 얼굴에 달빛이 비쳐서."

은은한 달빛이 이런 거구나.

용문 소로

월든을 처음 읽은 건 집을 지은 후였다. 헨리 데이비드 소로는 요즘 시대에 살았어도 SNS는 하지 않았을 것 같지만, 만약 한다면 나는 분명 그를 팔로우했을 것이다. 자연을 관찰하며 사색하는 삶. 내가 추구하고, 지금 살고 있는 삶이었다. 나는 나를 '용문의 소로'라 생각하기로 했다.

책 사이사이 낯익은 흑백 사진들이 있었다. 월든 호숫가 주변 모습. (처음엔 소로가 찍은 사진인 줄 알았는데, 뒷부분 해설을 보니 소로가 살았던 때부터 60년이 지난 다음 사진작가가 찍은 사진이었다) 백 년의 시간이 무색하게 지금 내 주변의 풍경과 똑같았다. 나무와 강, 숲... 아무리 시간이 흘러도 자연은 그대로였다.
그걸 알고 나서 사진에 적힌 연도는 빼고, 날짜만 보았다. 나도 살고 있는, 계절을 말하는 날짜. 흰 눈 위에 찍힌 낯선 동물의 발자국, 녹음의 끈적임, 강가에 낙엽이 진 큰 나무. 계절이 시간을 관통한다.

마음이 번잡할 때 월든을 몇 페이지 읽는다. 나의 초점이 이동하는 것을 느낀다. 지금 들리는 온갖 새들의 절묘한 합창에 귀를 기울인다. 얼굴에 닿는 바람의 촉감과 온도, 계절의 냄새를 맡는다. 흔들리는 나뭇잎의 모양과 잎맥을 들여다본다. 아이 새끼손톱보다 작은 곤충. 실처럼 얇은 더듬이의 완벽하게 일정한 줄무늬. 미끄러지지 않도록 섬세하게 디자인된 다리의 돌기를 관찰한다. 자연을 자세히 바라보면 이미 충분하고 충만하다는 걸 알게 된다.

월든 호수가의 숲, 1908. 5.30

시골 생활

오전에는 농약 분사기를 메고 미국선녀벌레와 싸우고
점심은 못생긴 가지를 따서 대충 가지볶음을 만들어 먹었다.
오후에 택배 상자를 들었더니 사슴벌레가 있었다.
차 타고 애들 데리러 가는데 앞에 꿩이 지나갔다.
도도도도 걸어서 산으로 올라갔다.
아, 정말 만족스럽다. 시골 생활.

진짜 우유

소 키우시는 집사님이 나무 먹으라고 우유를 주셨다.

"바로 짜서 냉각기에 넣었던 거 가져왔어요. 혹시 모르니 저온 살균해서 드세요."

우유가 든 페트병을 고맙다고 받으며 만화 '플란다스의 개'를 떠올렸다. 냄비에 우유를 붓고, 약불에 살짝 끓이면서 휘휘 저었다. 컵에 따라서 살짝 마셔봤는데, 비린 맛이 하나도 없고 진짜 고소했다. 우유의 비린 맛은 대체 어디서 생겨오는 것일까?

작은 늪지

비가 오고 나면 언덕 너머에 작은 늪지가 생긴다. 우리 집에서 걸어서 1분 거리. 두 개의 물웅덩이를 수풀이 둘러싸고 있다. 큰 마을, 작은 마을 같다. 베이지색 흙탕물 수면 위로 나무의 실루엣과 구름이 비친다. 물 위를 여유롭게 떠다니는 소금쟁이, 이름을 모르는 곤충들, 물방개의 힘찬 뒷발차기 수영. 그걸 멍하니 보고 있노라면 내가 아주 작아져 거기 사는 생물이 된 것처럼 느껴진다.

오늘은 나무가 킥보드 타고 산책을 나가자고 했다. 언덕 길을 내려가다가 그 늪지가 보였다.

"나무야, 이쪽으로 와 봐. 여기 예쁜 데 있어."

라며 나무를 늪지에 데려갔다. 나무가 물끄러미 물웅덩이를 바라보다가 감동받은 얼굴로 말했다.

"너무 예쁘다. 나무도 여기서 살고 싶다."

아마 나무도 나와 비슷한 걸 느낀 듯했다. 아름다운 것을 깊이 바라볼 때 나의 모든 것은 아주 작아진다. 작아진 나는 경외감에 압도당하는 기분이 든다. 눈과 콧속이 시큰해진다. 비가 오면 꼭 잊지 말고 작은 늪지에 가자.

자연스러운 쉼

앞집 아주머니, 아저씨는 우리 집 앞 땅에서 정성스레 농사를 지으신다. 아주머니는 이따금 우리 집 초인종을 누르고, "봄이야!"하고 크게 부르신다. 나가보면 커다란 검은 봉지에 방금 딴 싱싱한 두릅이 그득하다. 마트에서 몇만 원은 족히 될 법한 양. 나는 "잘 먹을게요. 고맙습니다!"하고 넙죽 받으며 아, 두릅의 때구나. 생각한다. 어떤 날은 완두콩, 어떤 날은 농사지은 들깨로 만든 강정을 주신다. 나는 그걸로 완두콩의 때와 들깨의 때도 안다.

겨울이 오면 우리 집 앞 땅엔 아무것도 없다. 부지런한 앞집 아주머니, 아저씨도 그동안의 농사를 싹 정리하고, 겨울내내 푹 쉬신다. 눈이 오고, 얼어붙고, 칼바람 부는 동안 앞 땅도 쉰다. 온갖 싹을 내고, 가지를 내고, 열매를 맺던 땅이 겨울잠을 잔다. 잠이 든 다른 동물과 식물들처럼. 겨우내 편히 잠을 자며 봄을 기다린다.

빈 앞 땅에 소복이 눈이 쌓인 풍경이 익숙해진다. 그러다 눈이 녹은 날이 많아진다. 찬 기운이 조금 잦아드는지 마는지 아리송한 어느 날. 앞집 아저씨가 밭을 갈아엎고, 고랑을 내기 시작하신다. 어쩜 자를 댄 것처럼 그렇게 예쁘게 고랑을 내시는지 감탄하다가 생각한다.

'이게 자연스러운 거구나.'

옛날 사람들은 대부분 농사를 짓고 살았다. 날이 따뜻하면 농사를 짓고 작물이 무르익으면 수확하고, 추워지면 쉬었다. 밤이 오면 잠을 자고, 아침이 오면 일했다. 매시간과 계절에 순응했다. 열심히 일하고, 푹 쉬었다.

요즘 매해 3개월씩 쉬는 사람이 얼마나 될까. 일 년에 15개 정도 되는 휴가도 바쁘다거나 남들 눈치 보느라 못 쓴다. 샌드위치 연휴 사이에 휴가를 바둑알처럼 끼워 넣고 푹 쉴 수 있다고 쾌재를 부른다. 그리고 휴가가 끝날 때쯤엔 너무 짧다고 궁시렁거리며 내일이 오는 게 두려워 핸드폰만 본다.

비나 추위와 더위에 상관없이 놀 수 있는 쇼핑몰, 24시간 편의점, 밤에 불이 꺼지지 않는 것으로도 모자라 블루라이트의 불빛은 언제라도 켤 수 있다. 넷플릭스, 유튜브, 인터넷 쇼핑.

내가 원한다면 언제든 할 수 있다. 제한 시간이 없는 지금, 우리 삶은 편리하다. 하지만 영 자연스럽지 않다. 참 기괴한 시대를 살고 있다.

나도 기괴한 시대를 살았다. 바쁘고 힘들게 살고 나면 끝나가는 하루를 그냥 보내기 아쉬웠다. 밤을 낮처럼 살았다. 유튜브나 드라마를 정주행하거나, 애들 내복이나 내 옷을 고르면서 밤을 꼴딱 새웠다. 그게 쉬는 거라고 생각했다. 창밖이 밝아오면 그때서야 나에게 드리운 어둠을 깨달았다.
책을 열심히 읽기 시작했을 때도 잘 쉬지 못했다. 빨리 배우고 성장하고 싶었다. 다른 사람들처럼 책을 빨리 읽고 싶었지만 난 너무 느렸다. 읽고 싶은 책과 쓰지 못한 서평이 쌓여갔다. 하루하루 해야 하는 일이 그득했다. 노는 시간도 아까웠다. 쉰다고 쉬어도 사실 쉬는 게 아니었다. 놀면서도 노는 게 아니었다. 시험 기간에 만화책에 빠져있을 때처럼. 나의 휴식에는 언제나 죄책감이 세트처럼 함께 묶여있었다. 나는 진짜 노는 법을 몰랐고, 쉬는 느낌이 뭔지도 잘 몰랐다.

모든 것에 한계가 있다. 시간의 한계, 계절의 한계, 삶의 한계, 능력의 한계... 마찬가지로 휴식에도 한계가 있다. 사실 한계를 아는 것은 속박이 아니라 오히려 자유다. 그러나 휴식의 한계를 몰라서 두려웠다. 넘치게 쉬면서도 불안했고, 불안해서 못 쉬었다.

잘 쉬어야 나다운 열매를 나의 때에 맺을 수 있다. 옆 사람이 걷건 뛰건 상관하지 않고, 온전히 나의 속도로 가다가 쉬고 싶을 때 확실히 쉬는 것. 이 균형이 잡히면 남과의 비교나 조급한 마음도 줄어든다.
내가 원한 건 다른 누군가처럼 되는 것이 아니었다. 나는 그냥 내가 되고 싶었다.

요즘엔 쓰고 싶은 글을 쓰고, 그리고 싶은 그림을 그려 올린다. 다른 이에게 내가 줄 수 있는 것을 준다. 결과가 없어도 내가 했다는 걸 내가 안다. 할 일을 끝내고 나서, 이미 충분한 마음으로 좋아하는 메뉴를 먹으러 차를 몬다. 차 안에 가득 찬 노란 햇빛처럼 내가 충만해진다. 보고 싶은 영화나 예능은 몰아보지 않는다. 가끔 한 편씩 보고 거기서 받은 영감으로 다시 쓰고, 그린다. 하루를 끝내며 오늘의 나를 칭찬한다. 너무 늦지 않게 잠자리에 들고 편히 잔다.

이제야 진짜 쉬는 게 뭔지 조금 알 것 같다. 주어진 하루에 하고 싶은 일을 할 수 있는 만큼 하고, 작고 예쁜 상자에 딱 그

만큼의 쉼을 정성스레 담아 나에게 선물하는 것이다.

불안과 자책이 한 방울도 섞이지 않은, 자연스러운 쉼을.

오늘 마음먹은 일이 하나 있다.

그래!
이대로는 안 되겠어.
불끈
쉬는 시간을 만들자!

하루 종일 집에 있으면서
제대로 일하지도 쉬지도 못하고

이것도 해야 하고
저것도 해야 하는데…
→ 노는 것처럼 보이지만 스트레스 받는 중.

책 한 줄 못 읽고
어영부영 하루가 다 간 적이 많았다.

커피 한 잔과 책 한 권 들고
2층에 올라가
커피 안쏟게 조심
아이고 좋다~
풀썩
폭
빈백에 몸을 뉘었다.
그러나 방해꾼 등장.
왜
애
앵
아이 귀찮아
착
앉았다!
창문 열어서 내보내자.

창문이 없어지니
안과 밖의 경계가 모호해지면서

난 바깥 풍경 속에 있었다.

찌르르르
아... 좋다.
코오
푸드덕
정말, 쉬는 시간이었다.
부우
부우

눈에 무엇을 담고 있나

쌍둥이 달개비.

강물 위에 거꾸로 서서 물결 따라 움직이는 나무.

거미줄에 매달린 메뚜기 허물.

노인처럼 느리게 벽을 오르는 연두색 사마귀.

배롱나무에서 수다 떨며 조식 먹는 새들.

무에서 유

나 홀로 깨어있는 새벽은 고요하고, 낮보다 느리게 시간이 흘러간다. 가끔 들리는 닭 소리가 아침이 오고 있음을 알려준다. 그림을 그리다 창밖을 보면 온통 암흑이다. 그러다 어느 순간 마당과 집, 산의 윤곽이 어스름한 푸른 빛으로 서서히 드러난다. 무에서 유가 창조되는 장면의 목격자가 된 것 같다.

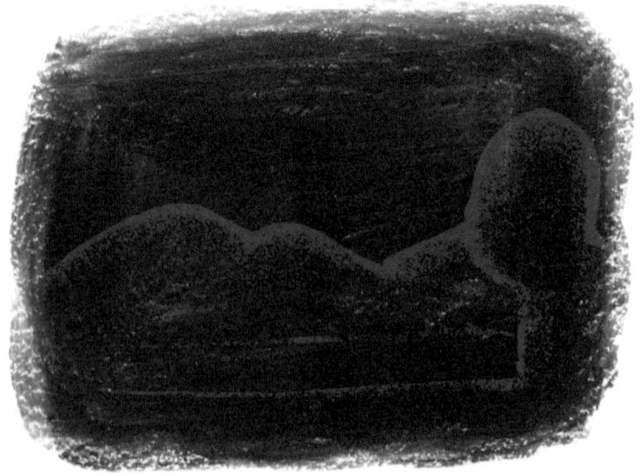

필 때와 질 때

마당에 만발한 자두꽃과 조팝꽃을 감탄하며 보다가 이내 씁쓸해졌다. 나는 이렇게 살지 못하고 있어서.

'꽃을 잘 피울 자신이 없어.'
'내 꽃이 다른 꽃보다 안 예쁘면 어쩌지?'
'어차피 금방 질 건데 펴서 뭐 해?'

이런 꽃은 없다. 계절과 때에 맞추어 자기의 꽃을 피울 뿐이다. 아무도 보지 못하더라도 최선을 다해 나다운 꽃을 피웠다가 때에 맞게 진다.
사람은 꽃이 피는 것에 감탄하고 지는 것에 아쉬워하지만 자연은 감탄도, 아쉬워하지도 않는다. 꽃을 피웠다고 콧대를 세우지도, 아등바등 걱정하고 불평하며 살지도 않는다. 그저 순리대로 산다.

사람도 필 때가 있고 질 때가 있다.

그저 나다운 삶을 담담히 살면 된다.

봄이 온 줄 알았는데,
바람은 아직 쌀쌀하고

바깥 풍경도 겨울과
별반 다르지 않다.

어느 날, 전기차 충전기를 땅에 내려놓는데

작은 새싹들이 '뿅'하고 올라와 있었다.

지푸라기 같이 노란 잔디 속을 들춰보니

속에선 초록 잎이 올라오고 있고

목련은 아직 털옷을 입고 있지만

꽃 피울 준비를 하고

마당 저편 산수유 세 그루도

퐁
퐁
퐁
귀여워
예뻐♥

작고 노란 꽃을 퐁퐁퐁 피웠다.

이렇게 작은 것들이
곧 온 세상을 덮는다니.
자연은 정말 신비해.

나도…늘 똑같아 보여도
조금씩 변하고 있겠지?

국도의 죽음

매일 6번 국도를 달린다. 도로 위 저 멀리 거뭇한 무언가가 보이면 나도 모르게 눈을 흐리게 뜨고 숨을 참는다. 마치 죽음의 냄새가 나기라도 하는 것처럼.
거뭇한 무언가는 우산일 때도 있고, 박스일 때도, 때로는 낡은 장화 한 짝일 때도 있다. 그때서야 안도하며 참았던 숨을 내뱉는다. 하지만 진짜 죽음인 경우도 있다. 작은 토끼나 고양이부터 커다란 고라니까지 죽어있다.

시골은 도시보다 죽음을 일상적으로 마주한다. 그냥 자는 것 같은 모습일 때도, 살과 내장과 피가 있는 흉측한 모습일 때도 있다. (최대한 흐린 눈을 뜨고 숨을 참는 이유다.) 죽음을 자주 만난다는 것은 시골의 단점일 수 있다. 하지만 오히려 나는 바로 그점이 마음에 들기도 한다. 나도 결국 죽게 된다는 걸 기억하게 해주기 때문이다.

성경에 이런 말씀이 있다.

초상집에 가는 것이 잔칫집에 가는 것보다 나으니 모든 사람의 끝이 이와 같이 됨이라 산 자는 이것을 그의 마음에 둘지어다 [전도서 7:2]

유명한 라틴어, '메멘토 모리'도 비슷한 뜻이다.
'자신의 죽음을 기억하라' 또는 '너는 반드시 죽는다는 것을 기억하라', '네가 죽을 것을 기억하라'

결국 모든 삶은 끝날 것이다. 수많은 생명을 먹고 삶을 유지하던 내 몸도 죽음 이후엔 썩고 흙이 되어 다른 생명을 먹이던가, 화장되어 뼛가루만 남는다. 예외는 없다. 삶과 죽음은 선이 아주 분명하다. 반쯤 죽거나, 약간 살거나 하는 것은 없다. 살아 있지 않으면 죽은 것이다. 죽지 않았으면 산 것이다. 죽음을 인식하면 오히려 살아 있음을 깨닫는다. 잊고 있던 내 몸. 살과 피, 폐와 심장을 인식한다. 모두 제 할 일을 쉬지 않고 하고 있다. 나는 지금 살아 있다.

내가 다른 사람보다 뒤처졌는지, 누가 나를 어떻게 생각하는지에 몰두하는 것. 마주하는 모든 것을 금전적 가치로 환산해

염려하고, 오늘 나의 몸 상태를 과하게 걱정하는 것. 요즘 재밌다고 인기라는 영상을 찾아보는 것과 방금 영상에서 본 메뉴를 오늘 꼭 먹어야겠다는 마음을 품는 것. 그보다 더 본질적인 것을 추구하고 싶어진다.

나는 정말 살아 있는 것처럼 살고 있나?

죽어야 산다

죽은 것처럼 보였던 것들이 다시 살아나고 있다. 죽은 접시꽃 줄기 사이로 새잎이 난다. 상추, 부추, 참나물도 시든 잎 사이로 새잎이 나오고 있다. 시든 잎과 줄기를 정리하지도, 잡초를 뽑아주지도, 텃밭을 갈아주지도 않았는데. 때가 되니 자연은 죽음 위에서 태연하게 다시 삶을 시작한다.
어쩌면 죽어야 살 수 있는 건지도 모르겠다.

쓰러진 것들

접시꽃 키가 3미터쯤 자랐다. 꼭대기에서도 꽃이 피어서 그걸 보려면 고개를 하늘 높이 들어야 했다. 마치 영화 〈위대한 쇼맨〉에 나오는 아일랜드 거인 얼굴을 쳐다보는 것 같았다. 접시꽃은 가느다란 줄기로 위태롭게 휘청거리다 어느 날 보니 쓰러졌다. 그 옆엔 이미 쓰러진 지 몇 년 된 우체통이 있었다. 우체통은 태풍이 많이 불던 날 쓰러졌다. 하루는 우체부 아저씨가 우편물을 전해주며 물어보셨다.

"저… 근데 우체통은 언제 일어날까요?"
"아, 남편이 방학하면 일어날 거예요."
"네. 뭐, 뚜껑이 있어서 젖지는 않아 다행이네요."

벌써 남편은 겨울과 여름. 몇 번의 방학을 지냈지만,
우체통은 여전히 쓰러져있다.

우체통은 쓰러진 채로도 우편물을 받는다.

접시꽃은 쓰러진 채로도 꽃을 피운다.

개의치 않고 자기 일을 한다.

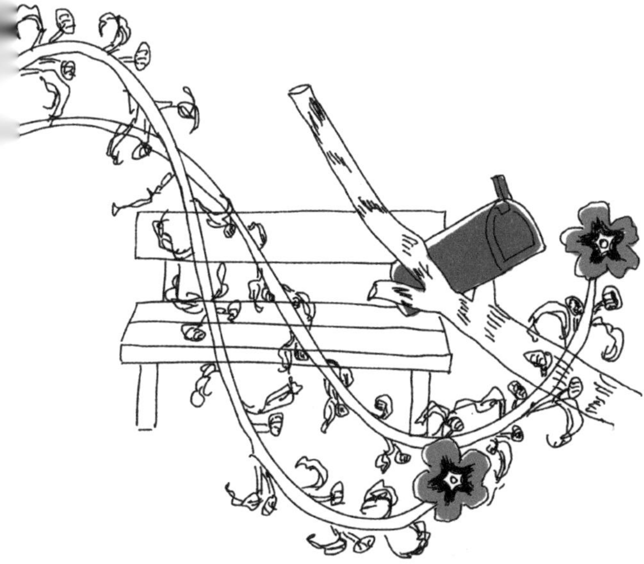

모두가 꽃을 피운다.
우리가 모르고 있을 뿐.

2부

꽃·식물

먼저 마중 나가는 마음

정말 좋아하는 길이 있다. 그건 양평과 용문을 잇는 옛 도로. 옆으로 흑천이 잔잔하게 흐르고, 위로는 드넓은 하늘이 시원하게 펼쳐져 있다. 맞은편 도로 담장에는 초록색 덩굴이 자란다. 그 길이 가장 아름다운 때는 5월이다. 5월이 끝을 향해갈수록 덩굴은 가장 얇은 롤로 말은 뽀글 펌처럼 점점 더 풍성해진다. 그리고 마침내 선명한 핑크색 장미가 수백, 수천 송이가 핀다.

요즘 핑크색 장미 몇 송이가 피었다. 한 번만 지나가는 사람은 모를 것이다. 이건 단지 예고편이라는 걸. 나는 그 덩굴이 모두 장미란 것을 알고 있다. 나 같은 찐 팬은 본편을 기대하며 나날이 통실해지는 덩굴을 날마다 확인한다. 차로 그 길을 지나는 시간은 단 몇 초지만 일부러 빠른 터널 길 대신 그 길로 간다. 딴생각하다 그 길로 들어가는 길을 놓치면 아쉽다.

그 길을 사랑하는 사람이 나만은 아니었던 모양이다. 작년에 양평군청에 만화공모전 상 받으러 가서 대기할 때, 다른 수상자의 어머니와 대화한 적이 있다. 그분도 그 길을 알고 있었다. 우리는 그 길이 얼마나 아름다운지 이야기했다.

작년 5월, 공사를 하느라 그 길을 막아놨던 적이 있다. 나는 공사가 언제 끝나나 가보고, 아직 안 끝났네.하며 실망하곤 했다. 멀리서 장미가 차오르는 걸 보며 조마조마했는데, 장미가 딱 만발했을 때! 기가 막히게 공사가 끝났다. 아저씨들이 '자, 장미 피기 전에 빨리빨리 끝냅시다.'라며 공사를 서두르는 모습을 상상하며 혼자 웃었다. 역시 양평사람은 이 덩굴장미 길을 아는구나. 요즘은 이 길이 아주 잘 보이는 곳에 대형 카페도 생겼다. 분명 이 카페 주인은 이 땅의 뷰를 보고 샀으리라.

자연을 그리고 싶었다. 그런데 꽃이 핀 걸 그리려 하면 지고 있었다. 봄이 온 걸 그리려 하면 여름이 오고 있었다. 꺼내지도 못한 이야기는 너무 늦어버렸다.

'아… 또 놓쳐버렸네.'

매일 변하는 자연을 뒤쫓아가기 바빴다. '자연은 나를 기다려 주지 않는다'라는 생각에 펑펑 운 밤도 있었다.
하빈님이 이런 내 이야기를 듣고 말했다.

"먼저 마중 나가는 마음으로 그리면 어때요?"

지난해 이야기를 그리는 건 별로 내키지 않았는데, 먼저 마중 나가는 마음으로 그린다고 생각하니 마음이 편해졌다. 기다리는 시간도 설레고, 다시 만날 때 더 기쁘게 만날 수 있을 것 같았다. 23년 5월에 나의 덩굴장미를 먼저 마중 나간다. 다시 돌아올 장미에게 설렘으로 쓴 글과 그림을 선물할 것이다.

접시꽃

지난해, 안방 창문에 모르는 풀이 났는데

뽑을지 말지 고민하는 사이에 내 키만 해졌다.

나보다 풀을 잘 아는 엄마에게 물어보니

접시꽃은 높이 높이 올라가며 예쁜 꽃을 피웠다.

기념일도 없는 6월에 받는 꽃 선물.

올해는 나무도 접시꽃을 처음 보았다.

해마다 안방 창문에 접시꽃 창문 발이 생긴다.

범부채꽃 수건

이웃집에 예쁜 꽃이 있어 이름을 물으니 '범부채'라고 했다. 잎이 부채를 펼친 것처럼 생겨서 범부채. 정말 부채처럼 잎이 신기하게 한 장 한 장 붙어 뻗어 나왔다. 예쁘면 좀 가져가라고 두 줄기쯤 뽑아주셨다. 현관 앞에 심었다. 범부채 씨가 퍼져서 해가 갈수록 더 많은 꽃이 피었다.
꽃이 질 때 물기를 비틀어 짠 수건처럼 돌돌 말리는 게 재밌었다. 집에 들어올 때 현관 데크 밑에 꽃송이 네 개가 떨어져 있었다. 봄이에게 이거 수건 짠 것 같다고 했더니 봄이냐 배시시 웃으며 말했다.

"개미들이 아플 때
이마에 얹는 거 아니에요?"

닭의장풀

풀마다 달개비가 가득하다. 4년 전에도 달개비를 그렸는데 그땐 이름을 몰라 예쁜 파란 꽃을 그렸다고 했다.

2019. 8. 29 〈닭의장풀〉

찾아보니 정식 명칭은 '닭의장풀'이다. 닭장에 많이 보여서. 아침에 핀 꽃이 대낮에 져서 서양에선 'Day flower'라고 한다. 오늘 아침에 나갈 때 본 이 꽃은 저녁에 돌아올 땐 없을 것이다. 마감 임박. 진정한 리미티드 에디션. 한정된 시간 때문에 꽃이 더 예뻐 보인다. 그려서 남기자.

2023. 8. 18 〈닭의장풀〉

벚꽃이 있는 풍경

예전엔 벚꽃이 피면 벚꽃만 봤는데
와! 벚꽃이다!
벚꽃놀이! 벚꽃놀이!
벚꽃 최고!

요즘은 벚꽃이 있는 풍경을 본다.
벚꽃 둘레에는
아직 메마른 나무들과
이제 겨우 돋은 연둣빛 새싹들

벚꽃나무는 잎보다 꽃을 먼저 피워
가장 아름다운 일주일을 보낸다.

애기애기한
버드나무들
살랑 살랑 머릿결
그런데 벚꽃도
주위에 연둣빛이 없었으면
이렇게 예쁘지 않았을 거야.

역시…봄은
정말 아름다워!

채소꽃

이 정도면 꽃을 피우기 위해 채소를 기르는 건가 싶었다.

파슬리꽃, 고수꽃, 시금치꽃, 상추꽃.

상추꽃을 꺾어 꽃병에 꽂았다.

모두가 꽃을 피운다. 우리가 모르고 있을 뿐.

상추 나무숲

텃밭 가꾸기 첫 시도. 농원에서 상추씨를 사 왔다. 작은 텃밭에 상추씨를 심으려고 씨 봉투를 손에 톡톡 털었다. 바로 그 순간 강한 바람이 불었고, 상추씨는 마당 여기저기에 흩뿌려졌다. 이미 엎질러진 상추씨.

상추는 아무 데서나 자랐고, 아무 데서나 뜯어먹었다. 어느 날 보니 상추 키가 나무만큼 자랐다. 황당한데 나름 재밌네. 생각하며 상추 나무숲 사이를 거닐었다.

열대 과일 맛 고추

텃밭에서 방금 딴 오이 맛 고추에선

오이 맛이 아니라 열대 과일 맛이 났다.

화살나물 파스타

봄이 오면

꼭 하는 게 있다.

날마다 마당 울타리를 유심히 보면서

때를 기다리는 것.

됐다.

우리 집 마당 울타리는 화살나무다.

가지 모양이
화살 깃털을 닮음.
밀도가 빽빽해서 그런지
울타리 목으로 많이 심음.

봄에 나오는 화살나무의 어린 순을
화살 나물, 홑잎 나물이라고 부른다.

(나도 동네 이웃분이 알려줘서 알았음)

이 짧은 시기가 지나면 단단해져서 못 먹기 때문에

부드러울 때 부지런히 따서 먹어야 한다.

데쳐서 나물처럼 먹거나

소금+다진 마늘+참기름+깨

그냥 씻어서
오일 파스타에 넣어 먹어도 맛있다.

초식 마녀님처럼 올리브 오일+고춧가루
(추가로 다진 마늘, 파슬리도) 넣어 먹거나
간단하게 청x원 알리오 올리오 소스.

식감이 특이해서 약간 호불호가 있지만
나는 좋아한다. (어머니는 별로 안 좋아하심ㅋ)

뽀독
꼭 봄을 먹는 것 같아.

잠깐, 나 지금 좀
영화 <리틀 포레스트> 같은데?
헛

뿌듯한 봄의 맛.

산딸기

우리 집 길 건너에

야트막한 산이 있는데

둘레에 산딸기가 많이 열렸다.

나는 반쯤 깨진 나무 트레이 하나 챙겨

장화 신고 털레 털레 나간다.

잘익은 산딸기 한 알을 잡고
살짝 당기면
조
심
쏘~옥 하고 빠지는데
헤-
쏘~옥
그 느낌이 꽤 재밌다.
아 따거
거미줄과 줄기 가시를
요리조리 잘 피하는
고난도 기술도 필요.
산딸기를 트레이에 담다가
입 속에 하나 들어가면,
시골이니까
그냥
먹어도 돼~
호옵

이 세상
새콤달콤이 아냐!!!
이렇게 맛있는 게
그냥 길에서 나다니!
정말 너무 너무 맛있다♥
(그리고 트레이보다
입으로 들어가는 게 많아짐...ㅋ)

안녕하세요!
아랫집 할머니, 할아버지
콩 까심
어~
봄이 엄마.
뭐 해?
산딸기 땄어요.
봄이가 좋아해요.
좀 드실래요?
난 셔서 됐어.
아닌 데에~?
안 시고 달아요!
냠
에?!

아이~ 씻어 먹어야지이...
차도 댕기는디...
지지...
왠지 부끄러운
초보 시골러
아, 그런가요?
(이미 많이 먹었는데...)

산딸기를 씻어서 마당에 놓으니
뭔가
전투적인
부녀
헙 헙
흡 흡
산딸기 순삭.
천천히 먹어.
따기 힘들어...

냉이 1

봄 향기가 물씬 나는 냉이의 계절이 돌아왔다.
나는 냉이에 얽힌 추억이 하나 있는데…

작년 이맘때, 어머니가 냉이를 캐서 주셨다.

마당에서 냉이 좀 캤어.
너네 먹어라.
옆집
고맙습니다!
된장국에 넣어 먹어야지~

냉이를 씻는데 뭔가 이상했다.

...??
근데 냉이 냄새가 왜 안 나지?
뿌리가 보라색...?

냉이를 검색해 봤지만

비슷하긴 한데...
냉이 종류도 엄청 많네.
뭐, 그중에 한 개일 수도.

잘 모르겠어서 그냥 먹어보기로 함.

멸치 육수에
버섯, 양파 넣고, 된장도 풀고

마지막으로 냉이를 넣고
바로 맛을 봤는데...

충격적인 쓴맛이었다.

어머니가 또 캐시기 전에 가짜 냉이라고 알려드려야겠다!
근데 어머니도 선달씨처럼 *'도마과'라 안 믿으실 텐데...
*직접 겪지 않으면 안 믿는 타입.
그래서 석유국 들고 감.
어머니~ 냉이가 아니었어요. 냉이 냄새도 안 나고 너~무 써요.
엥?
놀러 온 아줌마가 이거 다 냉이라 그랬는데? 근데 냉이는 원래 좀 쓰지 않니?
역시... 못 믿으실 줄 알고 가져왔어요. ㅋㅋㅋ 진짜 쓰니까 아주 조금만 맛보세요.
잠깐, 너무 많이 뜨신 것 같은데...?
난 쓴 거 잘 먹는 편이라...
후룹

쿠왁!!
툭
어머니!
포효하는 어머니를 보았다.

그 풀은 냉이랑 닮은 '지칭개'였다.

한동안 마당에서 볼 때마다
입에 쓴맛이 느껴짐.

지난해처럼 '석유국'을 먹고 싶지 않아서
냉이 공부를 철저히 하고

전투적으로 냉이를 캐러 나왔다.

일단 우리 집 마당에서 캐 봤는데
수확은 겨우 세 뿌리.
음…
이것도 긴가민가
그때, 아랫집 아주머니를 만났다.
애기 엄마~ 뭐 캐?
종종 봤는데 늘 선캡, 마스크를 쓰셔서 얼굴은 잘 모름.
냉이요. 근데 별로 없어요…
지금 벌써 아줌마들이 다 캐 갔지. 이제 좀 있으면 꽃 펴서 못 먹어. 냉이 볼 줄 알아?
자신감 급하락
나름 공부하긴 했는데… 맞는지 모르겠어요.
오, 냉이 맞네! 젊은 엄마가 대단하네. 냉이도 알아보고.
합격!
헤헤
작년에 쑥 국에 당해서요…

냉이 찾으러 가다가
달래랑 부추에서 걸음을 멈췄다.

어쩜 봄이 온다고 편지도 안 했는데
어떻게 알고들 나오나 몰라.
봄이 온다는 편지...
어머, 아직
안 보냈는데
벌써?
T. 식물
봄이 왔을 것
같더라고. 하하

자, 여기 냉이 많으니까
많이 캐 가.
냉이 핫플
와! 다 냉이다!
고맙습니다~

신나게 캐서

달래장이랑
냉이 고추장 무침을 만들어
김에 싸 먹었다.

김구이
머신
끄앙 밥도둑
김 도둑

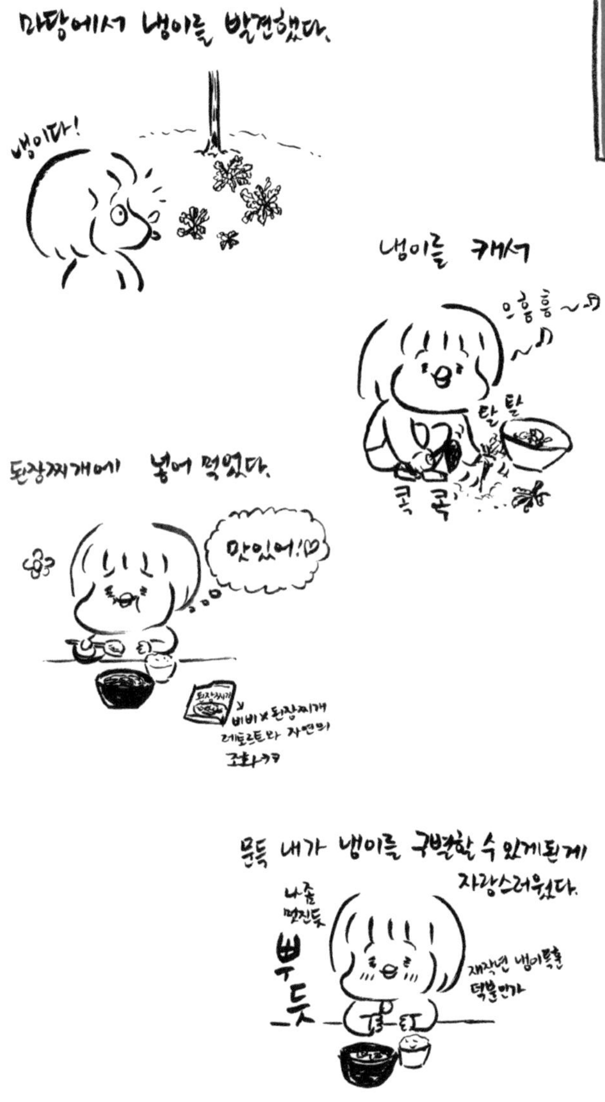
마당에서 냉이를 발견했다.
냉이다!
냉이를 캐서
으흠흠~♪
~♪
탈탈
콕콕
된장찌개에 넣어 먹었다.
맛있어!♡
비비x된장찌개
레토르트와 자연의
조화ㅋㅋ
문득 내가 냉이를 구별할 수 있게된게
자랑스러웠다.
나좀
멋진듯
뿌듯
재작년 냉이폭훈
덕분인가

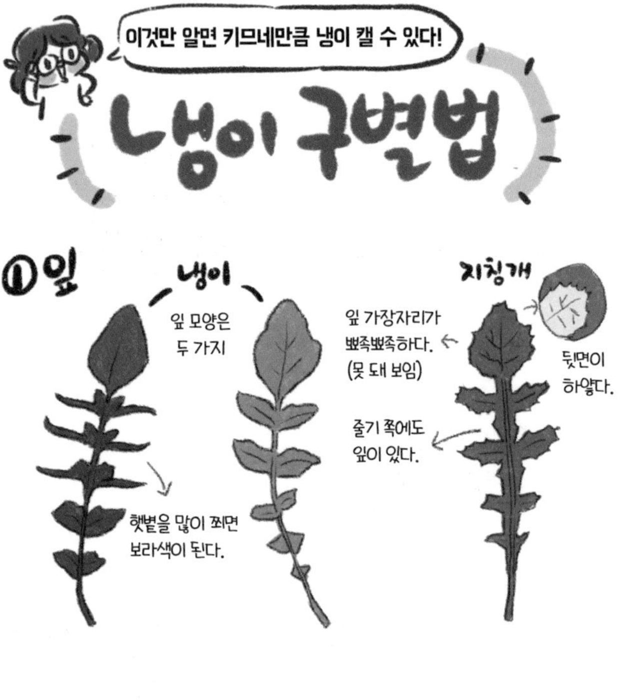

이것만 알면 키므네만큼 냉이 캘 수 있다!
냉이 구별법
① 잎
냉이
잎 모양은
두 가지
햇볕을 많이 쬐면
보라색이 된다.
지칭개
잎 가장자리가
뾰족뾰족하다.
(못 돼 보임)
뒷면이
하얗다.
줄기 쪽에도
잎이 있다.

② 뿌리

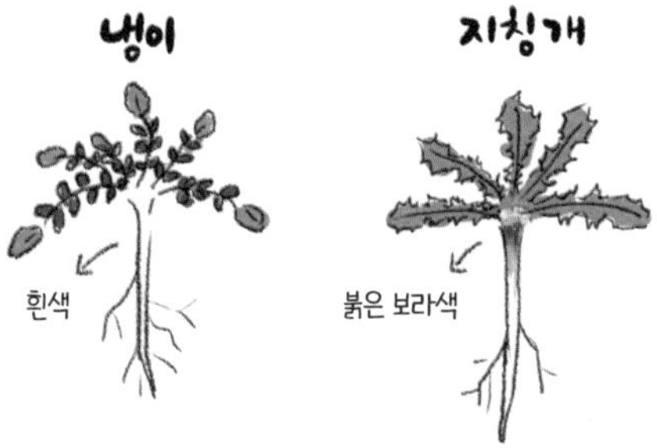
냉이
지칭개
흰색
붉은 보라색

③ 향

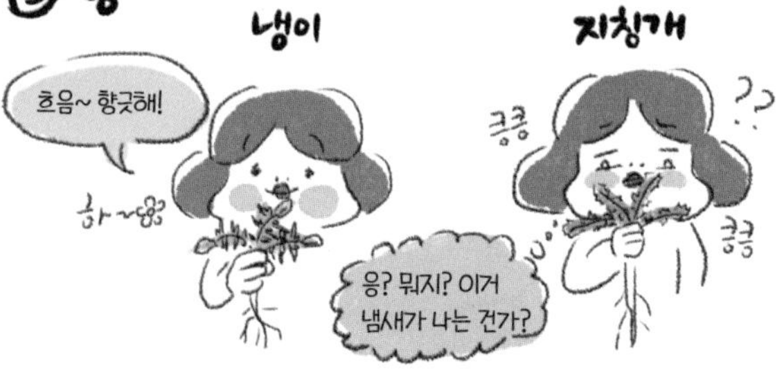
냉이
지칭개
흐음~ 향긋해!
하~
킁킁
??
킁킁
응? 뭐지? 이거
냄새가 나는 건가?

기다림

한 달 전, 이웃집 씨앗이 우리 집에 잘못 배달 와서
봄이 온 걸 알았다.

식물앱
모야모
얇고
가벼운 봉투
오!
벌써 뭐 심을 때인가?

*이웃집 전달 결과 역시 꽃씨였음.

우리는 이때다 싶어
전부터 심고 싶었던 과실나무를 심기로 했다.

난 보리수나무를
심고 싶어!
난 감나무.
연시 좋아!
침 고임.
후릅 후릅
(지난해 처음 먹었는데
진짜 맛있었음)

동네 농원
감나무 작은 묘목은 있는데 큰 놈은 좀 기다려야 해. 지나갈 때 한 번씩 들려.
아, 네.
그래서 거의 매일 농원에 출근함.
감나무 체크러들
사장님, 감나무 왔나요?
아직인데, 내일쯤 올 거야.
여보, 이건 우리 집 죽은 나무 대신에 심으면 예쁘겠지?
응!
우산 같다.
수양홍도화
: 수형이 아래로 쳐지고, 진분홍색 복숭아꽃이 핀다. 개복숭아 열매가 열림.

맘에 드는 나무가 많아서 고민하다

결국 모두 심기로 함.

(왕보리수, 둥시감, 수양 홍도화, 황금 회화)

요즘은 뭐든 빨라서 오래 기다릴 일이 별로 없는데

(택배든 인터넷이든)

나무는 결실을 보기까지 꽤 오래 기다려야 한다.

기분 좋은 기다림이다.

보리수 풍년

보리수나무 한 그루에서 다 따지도 못할 정도로 많은 열매가 나왔다. 옛날 사람들은 자연이 주는 대로 먹었다. 차고도 넘치게 먹을 때와 보릿고개를 넘을 때가 있었다. 삶이 넘칠 때도 바닥이 드러날 때도 있는 게 자연스러운 것이었다.

보리수 맛있게 먹는 법

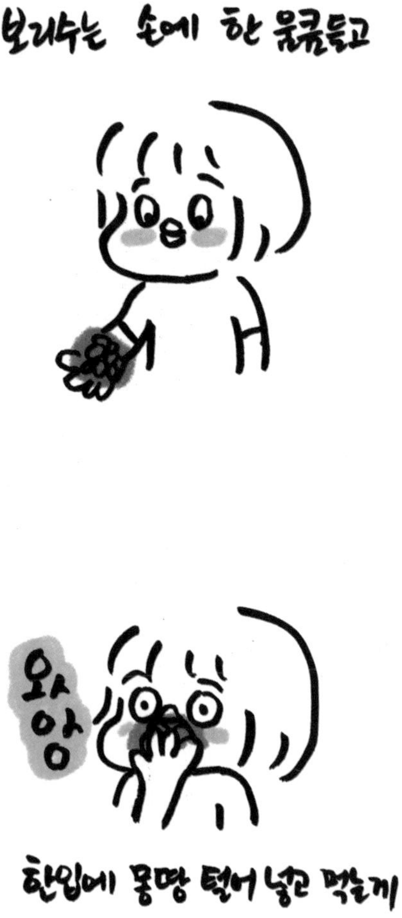

보리수는 손에 한 움큼들고
와앙
한입에 몽땅 털어 넣고 먹는게

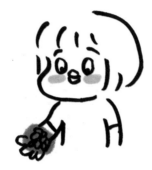

톡
톡
톡
토도독
제일 맛있다

왕
다른 방법: 가지째 뜯고 먹기.

옥수수 수확

어딜가나 옥수수 밭을 지나게 된다는 것.

몇 달 전, 우리 집 작은 텃밭에도 옥수수를 심었다.

그렇게 어설프게 심고 물만 줬는데
쑤욱
키가 나보다 커?!
아침이면 키가 눈에 띄게 자라 있었다.
동네 옥수수밭에
옥수수가 여물어가던 어느 날,
힝
우리 집 옥수수는
언제 열리지?
우리 옥수수밭에도
아주 작은 옥수수가 달렸다.
오!
무신가 락커머리 느낌
락앤롤
조물

문제는 '언제 따느냐'.

그래서 기다리고

또 기다렸다.

어느 날, 느낌이 왔다.

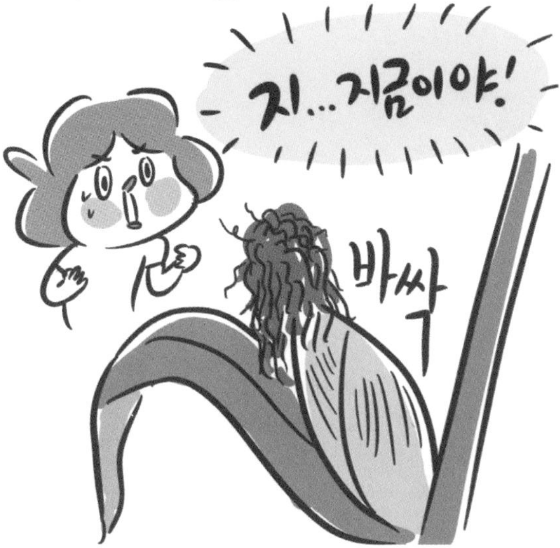
지...지금이야!
바싹

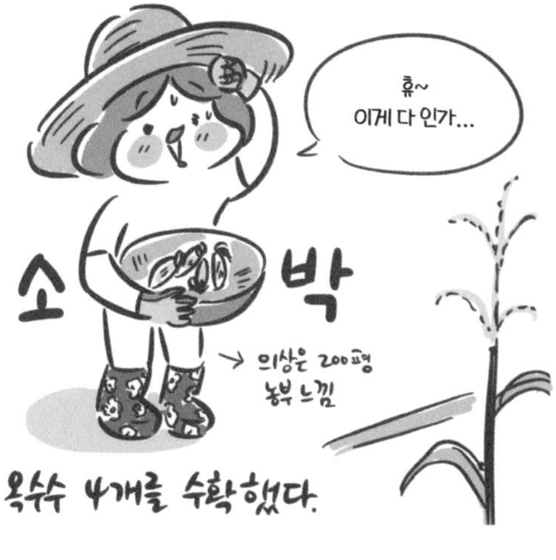
휴~
이게 다 인가...
소박
→ 의상은 200평 농부 느낌

옥수수 4개를 수확했다.

껍질을 까보니 팔면 컴플레인 들어올 각이었지만
그래도 신기했다.

크기도 작고
알도 많이
안 참.
수북
투둑
내가 옥수수를 키우다니...
맛있을까?

옥수수 삶는 법
에? 껍질 한 장 남기고,
수염도 같이 끓이라고?
마당에
다 갖다 버렸는데!
때늦은 후회
뭔가
망했다
싶었지만
소금만
살짝 침
그와중에
건강생각

옥수수 대량 농사 하고 싶은 맛이었다.

사지 않아도

마트에 갈까, 하다가 그냥 집에 왔다.

텃밭에서 먹을 게 없나 어슬렁어슬렁.

사지 않아도 먹을 것이 생겼다는 게 기쁘다.

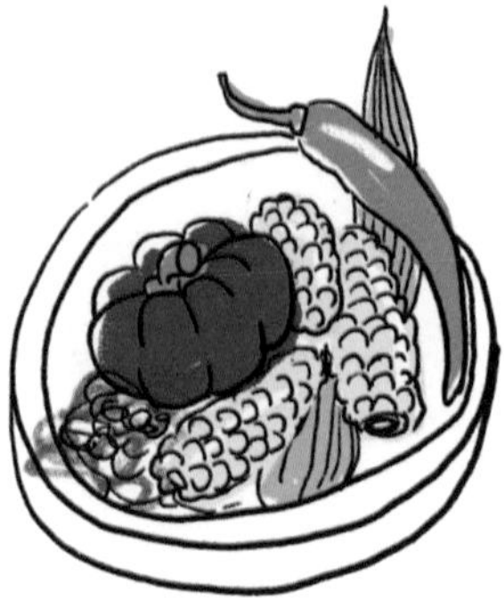

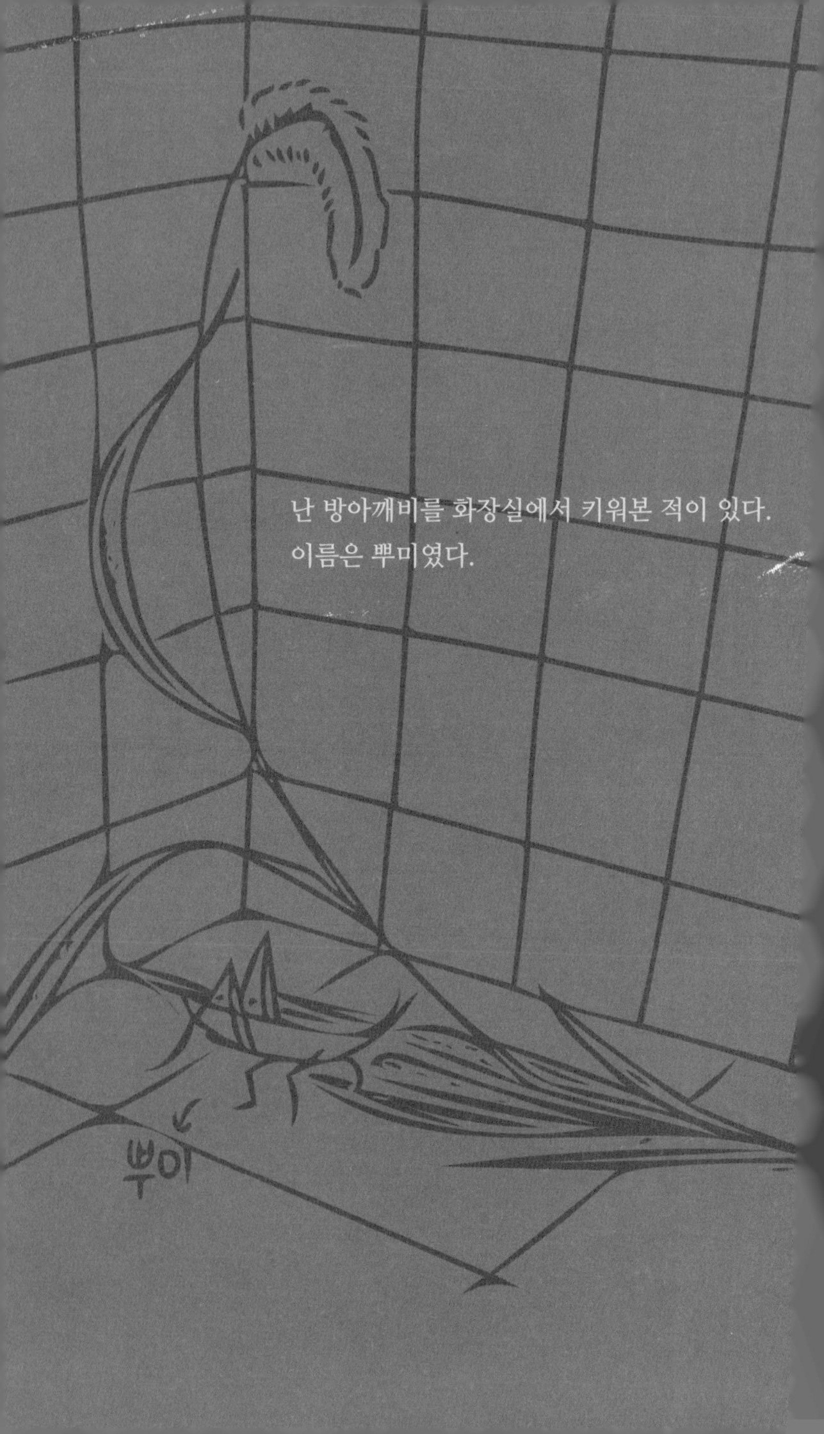

난 방아깨비를 화장실에서 키워본 적이 있다.
이름은 뿌미였다.

3부

곤충 · 동물

마음이 뭐길래

봄이가 방에서 발견한 아기 돈벌레를 살려줬다.

"귀여우니까 죽이지 마요!"

나를 보고 배웠나 보다. 집에 들어온 벌레라고 다 죽이지 않는다. 마음이 가면 그냥 놔두거나 휴지로 살짝 집어 밖에 풀어준다. 그런데 어제 살려줬던 벌레도 오늘 마음이 안 가면 잡는다. 마음이 뭐길래 생명을 죽이기도, 살리기도 하는가?

불청객이 작년에 이어 또 찾아왔다.

마당 식물들 줄기와 잎에 하얀 가루 같은 게 잔뜩 생김.

처참한 현장에서 홀로 신나신 분.

처음에는 흰솜깍지벌레인 줄 알았는데
자세히 보니 생긴 게 달랐다.

깨알곤충도감
흰솜깍지벌레
우리 집 벌레
- 몸이 타원형.
- 다리가 겁나 많음.
- 작은 꽃처럼 보임.
- 다리 6개.
공통점 : 하얀 왁스 물질 뿜뿜하고 다님.
그래도 쟤보단 좀 덜 징그러운 듯.
불행 중 다행인가…

찾아보니 그건 '미국선녀벌레'의 약충이었다.

우리나라 선녀도 아니고
미국 선녀라니!!
저 미국에서 와써여~

미국선녀벌레는 알이
컨테이너 박스같은데에 붙어서
우리나라로 들어오고

더운 여름, 식물에 달라붙어
줄기나 잎의 진액을 빨아먹는다.

시들
불쌍해...
시들
살려줘...

식물 줄기는 마르고,
잎은 배설물로 인해 그을음이 생긴다.

이대로는 안 되겠다 싶어서
미국선녀벌레 퇴치 약 주문함.

약충일 때 뿌리면
효과가 있다니.
아직
희망이 있어!

며칠 뒤, 택배가 왔는데

후후, 드디어 왔군!
이제 다 죽었...
어?

뭔가를 발견했다.

이미 성충이 되어버림.

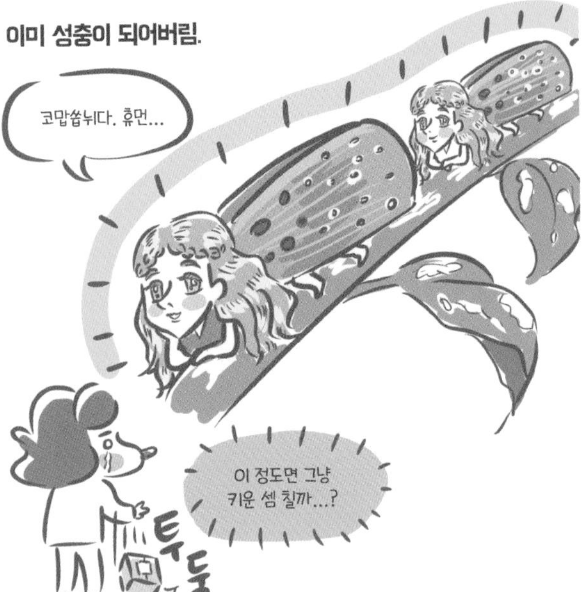

코맙쏩뉘다. 휴먼...
이 정도면 그냥 키운 셈 칠까...?
투둑

거미줄 아티스트

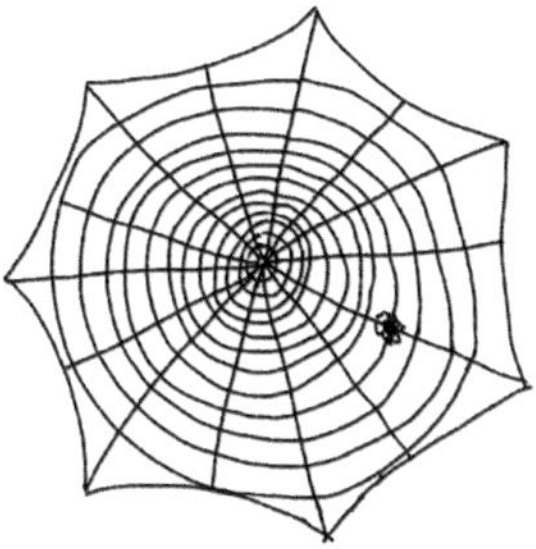

집에서 거미줄을 발견했는데 너무 한 땀 한 땀 공들여 예쁘게 만들어서 일단 놔두기로 했다. 너 대단하다.

방아깨비 뿌미

나무랑 마당에서 조금 놀고 들어왔다. 아기 변기에서 쉬하려고 바지를 내리는데 나무 무릎에 연두색 큰 무언가가 붙어있다. 바지를 반쯤 벗은 나무와 나는 동시에 "끼야아아악!" 소리를 지르며 호들갑을 떨었다. 정신을 차리고 자세히 보니 큰 여치 같다. 십 센티도 넘어 보인다. 화장실 문턱에서 어찌할 바를 모르고 있었다. 그건 우리도 마찬가지였다. 어떡하지?

"누가 좀 잡아 봐. 여보?"
"아니, 아니, 난 못 잡아."

남편이 손사래를 쳤다.

"봄아, 너는 곤충 잘 잡잖아."
"아니, 이건 너무 커."

맞다. 너무 크다. 나는 저 가느다란 다리로 갑자기 확 튀어 오르는 게 무섭다. 남편이 작은 빗자루로 잡아보려다 여치가 화장실 문틈으로 들어가 버렸다. 아...더 잡기 힘든 곳으로 들어가 버렸다.

화장실 물청소하는 호스가 길쭉한 게 원래 살던 곳 느낌이 나는 지 여치는 거기에 붙어있었다. 화장실에 볼일 보러 들어가면 호스 뒤쪽으로 돌아 숨었다. 다리가 너무 길어서 숨어도 다 보이는 게 귀여웠다. 봄이에게 이름을 붙여보라고 했더니 '뿌미'라고 했다.
봄이는 요 며칠 이층 화장실로 간다. 변기 뚜껑을 열다가 여치가 손에 닿아 깜짝 놀랐다고 한다. 바닥에는 비벼서 말은 듯한 갈색 휴지 같은 게 떨어져 있었다. 처음엔 누가 똥을 세게 닦았나 했는데 그게 여치 똥이었다. 화장실에 갈 때마다 똥 개수가 늘어났다.

밤에 나무가 곤충도감을 찾아서 읽었다. 우리 집 화장실에 있는 여치를 찾아봤는데 놀랍게도 여치가 아니었다. 방아깨비였다. 나무가 화장실에 도감 책을 들고 가서 방아깨비 한번 보고 책 사진 한번 보고 말했다.

"진짜 똑같네? 며치 똑같다!"

나무에게 여치가 아니라 방아깨비라고 말해줬지만 여전히 "아니야, 며치야."라고 말했다.

아침에 일찍 일어나 화장실에 갔는데 방아깨비가 여전히 있다. 화장실 한쪽 구석에서 내 쪽을 바라보고 있다. 어제까진 그래도 힘이 넘쳐 보였는데 이제 똥 개수도 안 늘어나고 힘이 없어 보인다. 안쓰럽다. 용기를 내 살살 잡아서 풀어주려고 휴지를 양손에 가득 들고 다가갔다.

"괜찮아. 풀어주려는 거야."

라고 말했는데 조금 움찔거린다. 이러다 펄쩍 튀어 오를 것 같다. 식은땀이 난다. 휴지를 내려놓고 방아깨비 먹이를 검색했다. 백과사전 방아깨비 사진이 죽은 표본을 핀으로 찔러 놓은 사진이라 조금 끔찍하다고 생각했다. 방아깨비가 뭘 먹는지가 알고 싶었는데. 누가 그런 걸 알고 싶어 하냐는 듯이 메뚜기목 메뚜깃과라던가, 크기와 서식지 따위만 보인다. 블로그를 찾아봤더니 아이들이 잡아 와서 곤충채집통에 넣고 키운 이야기가 있다.

'벼과의 식물, 강아지풀을 좋아한다.'
강아지풀. 그런 거야 널려있지. 그래서 우리 집이 서식지였구나. 강아지풀을 구하러 나가려는데 남편이 좀 주물러 달라고 붙잡았다. 비염에다가 목에 담이 걸려서 잠을 못 잤다고. 또 밤새 야구 예능보다 잔 것 같다.

"여보, 방아깨비 먹이를 줘야 해. 죽을 것 같아."
"내가 더 죽을 것 같아."
"그러니까 여보도 건강 챙기면서 몸을 혹사하지 말라고. 어떻게 살라고?"
"바르게..."

잔소리 마사지를 해주고 마당에 나왔다. 마당 관리는 하지 않는다. 온갖 잡초들이 정글처럼 주차장을 덥수룩하게 뒤덮었다. 이름 모를 초록 풀들 사이에 보송보송한 강아지풀이 보인다. 기쁘다. 제일 크고 잎이 많이 달린 강아지풀을 하나 뽑았다. 제법 잎이 많이 달렸다. 방아깨비가 얼마나 먹을지 모르겠지만 일단 한 줄기만 가지고 들어온다. 강아지풀에 이슬 대신 수돗물을 뿌려줬다. 화장실에 가서 강아지풀을 방아깨비 옆 벽에 기대 세워줬다.

"방아깨비야, 먹어."

언 것처럼 움찔만 하고 먹지는 않는다. 내가 지켜봐서 그런가 싶어 자리를 피해줬다. 화장실 불은 안 보일까 봐 켜두었다. 먹었을까? 글 쓰다 확인하러 갔는데 일단 잎 위에 올라가 있는데 또 일시 정지다. 방아깨비 너 예민하구나.

방아깨비를 잡을 때 다리를 잡으면 방아를 찧는 것처럼 움직여서 방아깨비라는데, 아까 블로그에 보니 다리를 잡으면 부러진다고 절대 다리를 잡지 말라고 쓰여 있었다. 아까 어설프게 잡지 않아서 다행이다. 방아깨비는 조상 대대로 사람을 만나면 다리를 못 쓰게 되었구나. 게다가 방아깨비 세계에서 악당은 인간이다. 이름까지 방아깨비라고 붙이다니 인간 참 잔인하다. 봄이가 붙여준 뿌미라고 부르는 게 낫겠다.

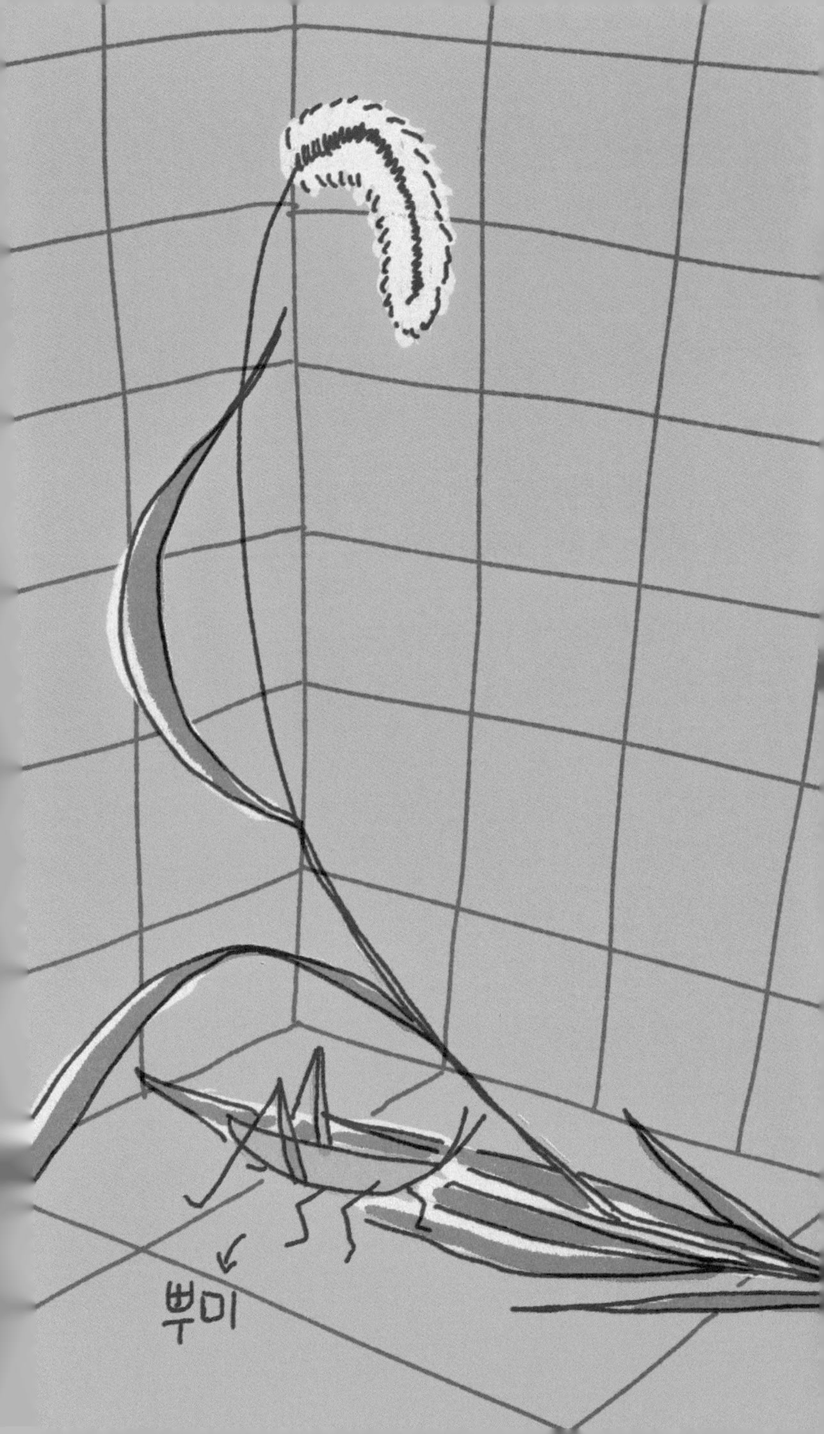
뿌미

방아깨비 뿌미 2

집에 들어갈 때 붕어빵이나 군밤을 사 오는 아빠처럼 외출했다 돌아올 때 강아지풀을 뽑아 들어갔다. 잎이 몇 개 안 남은 강아지풀 옆에 새 강아지풀을 놓아주었다. 바닥에 새로운 똥이 몇 개 더 생겼다. 뿌미가 이 마음을 아는지 조금 폴짝 뛰었다. 진짜 애완 방아깨비 같았다.

아무도 방아깨비를 잡지 못해 키우고 있다고 어머니께 말했다. 우리 중에 가장 용감한 어머니가 강아지풀 줄기에 앉은 뿌미를 조심히 옮겨 마당에 풀어주셨다. 원래 있던 주차장 쪽에 강아지풀 줄기를 휙 던지며 "잘 가라!" 했다. 나무랑 같이 "안녕, 잘 가!"라며 한참 손을 흔들었다. 뿌미는 한동안 그 강아지풀 위에 가만히 있었다.
그런데 남편이 갑자기 주차장 풀을 이발기 같은 농기계로 마구 잘라서 깜짝 놀랐다.

"우리 방아깨비 안 잘리게 조심해!"
"괜찮아. 다 보여."

뭐가 보인다는 건지. 방아깨비랑 풀색이랑 똑같은데. 우리 방아깨비가 무사히 잘 도망갔기를 바랐다.

그날 저녁, 화장실에 주인이 사라진 물그릇과 시들해진 강아지풀 줄기를 치웠다. 물 호스로 바닥에 물을 쏴아 뿌렸다. 뿌미가 싼 똥들이 물에 떠내려가 배수구에 모였다. 휴지로 배수구를 훑어서 변기에 버렸다. 화장실이 깨끗해졌다. 방아깨비 같은 건 산 적이 없던 것 같은 평범한 화장실이 되었다. 어쩐지 나는 신분 세탁한 것 같은 찝찝한 기분이 들었다. 살인 용의자가 방의 핏자국을 모조리 없앤 완전범죄 현장도 떠올렸다. 이 모든 일을 글로 써놔서 참 다행이라고 생각했다. 적지 않으면 이렇게 말끔하게 아무것도 남지 않으니까.
난 방아깨비를 화장실에서 키워본 적이 있다.
이름은 뿌미였다.

무임승차

자꾸 누가 차에 무임승차를 한다. 차 출발할 때 앞 유리창에 손톱만 한 귀여운 아기 사마귀가 떨어진 적도 있고, 옆 유리창에 매달린 털이 부숭부숭한 노란 나방과 한참을 같이 드라이브 한 적도 있다. (날 수도 있으면서 왜 탔는지 모르겠다)

오늘은 차 옆에 갈색 풍뎅이가 붙어있었는데 국도를 달릴 때 줄무늬 더듬이가 휘날렸다. 다시 보니 없어졌는데, 도로에 떨어져서 괜찮을까 조금 걱정이 되었다.

검정 나비

어머니가 요즘 큰 검정 나비가 많아서 기분이 나쁘다고 하셨다. 나도 검정 나비를 만났다. 검은 날개엔 반짝이는 청록색 장식 테두리 라인이 있었다. 넓은 초록 잎에 앉아 우아하고 느리게 날개를 접었다가 폈다. 날아가는데 날개가 커서 펄럭 펄럭 소리가 나는 것 같았다. 새처럼 날아갔다.
어머니가 요즘엔 땅에 검정 나비 날개가 깔려있는데, 몸통은 없고 날개만 있어서 이상하다며 추리하셨다.

"혹시 동물들이 털갈이하는 것처럼 나비도 날개 갈이를 하나?"

나는 검정 나비가
날개를 갈아입는 걸 생각했다.

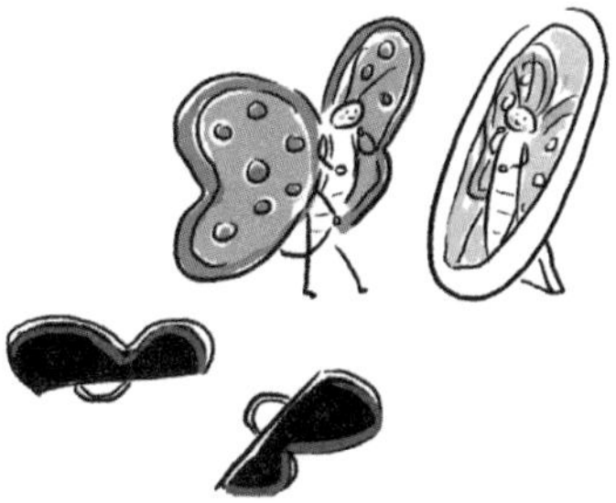

헷갈려

가끔 새소리가 어디서 나는 건지
헷갈릴 때가 있다.

회갈색

처음엔 꿩인가 싶었다. 남편이 비둘기라고 했다. 내가 아는 비둘기는 회색인데. 찾아보니 멧비둘기였다. 산이나 숲에서 산다. 아이브로우를 고를 때 봤던 회갈색이 어떤 색인지 잘 몰랐는데 이제 안다. 회갈색은 멧비둘기 색이다.

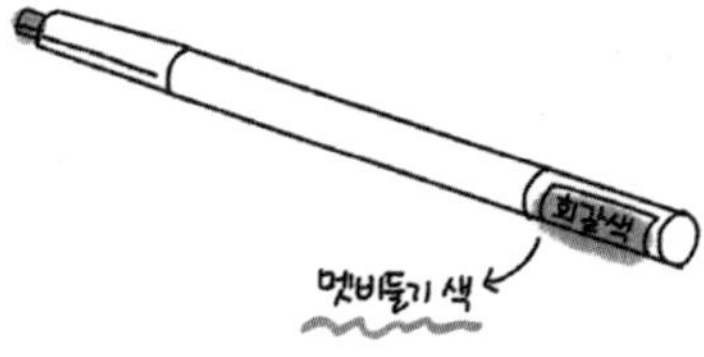

새들의 조식 시간

아침 6시. 스트레칭하려고 요가 매트를 깔았다. 인센스 스틱에 불을 붙이고 창문을 살짝 연다. 여름이 슬슬 가는지 선선한 바람이 솔솔 분다. 다 죽어 가는 배롱나무 가지에서 새들이 부산하게 아침을 먹는다. 물론 다른 나무들에도 새들이 찾아오지만, 오늘은 유난히 배롱나무에 많다.

까만 모자를 쓴 박새, 연갈색에 주황 꼬리 딱새, 서울에서도 봤던 참새. 혼자 다니는 새는 없다. 넋 놓고 있다가 친구들이 가고 나서 한발 늦게 뒤따라가는 새는 있지만, 다 자기와 비슷하게 생긴 새들과 무리 지어 다닌다. 한 팀이 가고 또 다른 팀이 먹으러 온다. 단체 티를 입고 조식 먹으러 온 패키지 관광객을 잠시 떠올렸다. (짝짝! 자, 오늘 조식은 배롱나무에서 하실게요. 이따 6시 반에 강 입구에서 모이실게요!)

스트레칭을 다 하고 나니 배롱나무엔 아무도 없다.

지금 천천히 보지 않으면

차를 타고 가다 방금 쓱 지나간 꽃이 궁금했다.

다음에 천천히 걸으면서 봐야지.

다음에도 차로 그냥 지나친다. 아, 맞다.

다음에도, 또 다음에도.

어느새 그 꽃은 사라졌다.

멧비둘기가 마당 한가운데에 착지하더니

그 가느다란 다리로 한참을 천천히 걸어갔다.

날아가면 순식간일 텐데 굳이 걸었다.

지금 천천히 보지 않으면 못 보고 놓칠 수 있다는 걸

멧비둘기는 아는 것 같았다.

제비 마을

마을에서 가족들과 오천 원짜리 멸치국수를 먹고 걸었다. 제비가 휙 하고 날아들어 깜짝 놀랐다. 제비 둥지에 제비 새끼들이 입을 쩍쩍 벌리고 있었다. 알고 보니 모든 상점 어닝에 제비 둥지가 있었다. 제비 마을이었다.

물맛집

우리 집 연못엔 손님이 많다.
참새
개구리
까치
고양이
흐뭇
온갖 새와 고양이들도 와서
물을 마시고 간다.
재 또 왔네

아무래도 동네에 소문이 난 것 같다.
그 집 물
마셔봤어?
응! 물맛
끝내주더라.
크으~
? 이거 뭐야?
어~
테이크
아웃
아니~
안 마셔본 애는 있어도
한 번만 마신 애는 없다니까?
동네 물 맛집
나 요새
딴 물
못 마셔

비오는 날,
잠깐 밖에 나왔다 집에 들어가려는데
연못에 새가 날아왔다.
푸드덕
착-지
앗, 사진 찍고 싶다.
핸드폰이...
이런 거 찍는 게 취미
주섬 주섬

핸드폰은 집 안에 있었다.
아...
지금 가지러 가면
놀라서 도망가겠지?
앗
파다닥
그게 아니라

그래서 물 다 마실 때까지
앉아서 기다리기로 했다.
할 수 없지.
털썩-
다행히
비 안 맞는 곳
강제 휴식 시간
새 물 마시기 관람
새 엉덩이 뷰
콕
콕
꿀~꺽
무한 반복
멍-
비 와서
땅이 다 물인데도
굳이 연못 물을 마시네?
진짜 물맛집
인가 봐ㅋㅋ

아임 싱~잉 인더 레이인~♪
그 새는
한참 물을 마시고
유유자적 데크를 거닐다가

날아 갔다.
새랑
휴, 이제 들어가 볼까?
영차
물 마셨다.

스케줄이 겹친다

차 타고 좁은 도로를 지나는데, 작은 족제비 같은 동물이 오른쪽에서 왼쪽으로 빠르게 지나간다. 저번에도 운동하고 돌아갈 때 이 길에서 딱 저렇게 생긴 동물이 똑같이 지나갔다. 아마 같은 애일지도 모른다.
우린 스케줄이 겹치는 것 같다. 나는 이 시간에 이 길을 지나야 하고, 재도 이 시간에 이 길을 지나야 하는데, 누가 누구의 길을 방해하는 것일까.

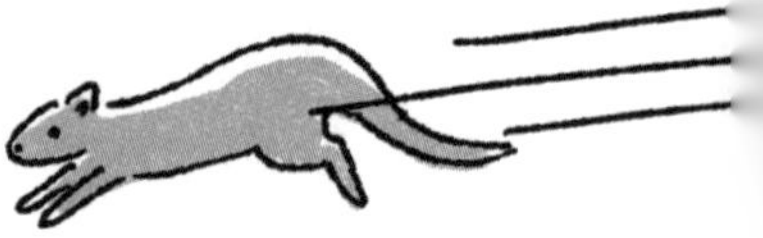

공존

논에 두루미 같은 예쁜 새 두 마리가 있어서 그냥 지나칠 수 없었다. 차를 멈추고 자세히 보니 포크레인 닮은 트랙터와 새들이 놀고 있었다.

머리 위에 노란 깃털(지금 생각해 보니 진흙물 염색이었나 싶기도 하다)이 멋진 새들은 자기보다 훨씬 큰 기계가 왔다 갔다 하니 무서울 법도 한데, 이런 일은 익숙하다는 듯 우아하고 여유 있게 기계 주위를 거닐었다. 인간과 자연이 평화롭게 공존하는 한 장면을 본 느낌이었다.

꾀꼬리

마담에 누워 있기 딱 좋은 날씨.
어디에선가 예쁜 새소리가 들렸다.

휘오~♪
호이오~♫
와...왜
꾀꼬리처럼 노래 잘한다고
하는지 알겠다.
울음소리처럼 예쁘려나?
여보는 꾀꼬리
어떻게 생겼는지 알아?
궁금
아니.

어딨지?
저 큰 나무쪽 같은데.
앗, 저거다!!
털이 아주 예쁜 노란색이야!
파다닥
어디, 어디??
난 못 봤어!
힝
힝

휘효~
휘휘 호호
잠깐, 봄아! 저쪽에서
또 꾀꼬리 소리가 들려!
봄이도
꾀꼬리...
저쪽?
쉿, 기다려 봐.
... ...

호호
호이오~
푸드득
와! 봄이도 꾀꼬리 봤어?
몸은 형광 노란색인데
날개는 까만색이야.
응, 봐쪄!

몰랐던 새 하나 아는 게 이렇게 즐겁다니.

꾀꼬리 소리를 아는 사람

"어, 꾀꼬리다."

나무와 산책을 하다가 꾀꼬리 소리가 들렸다. 나는 이제 꾀꼬리가 돌아온 걸 알아채는 사람이 되었다.

"나무야, 이게 꾀꼬리 소리야."
"꾀꼬리?"

나무가 귀를 쫑긋한다. 아이들도 꾀꼬리 소리를 아는 사람으로 자란다. 이거면 충분하다.

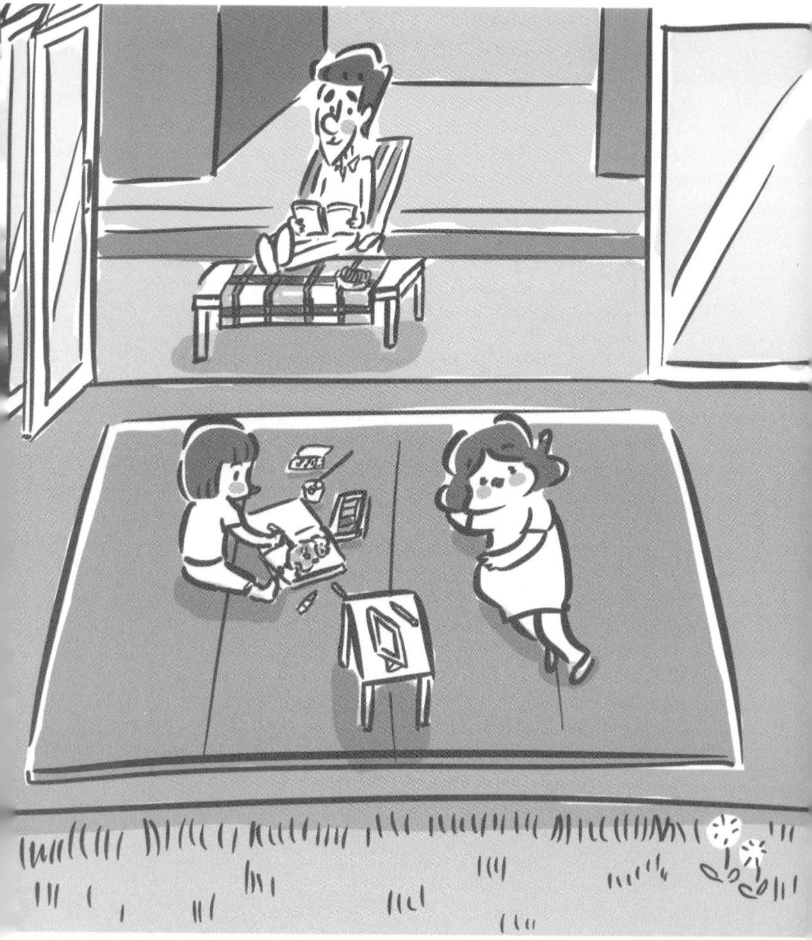

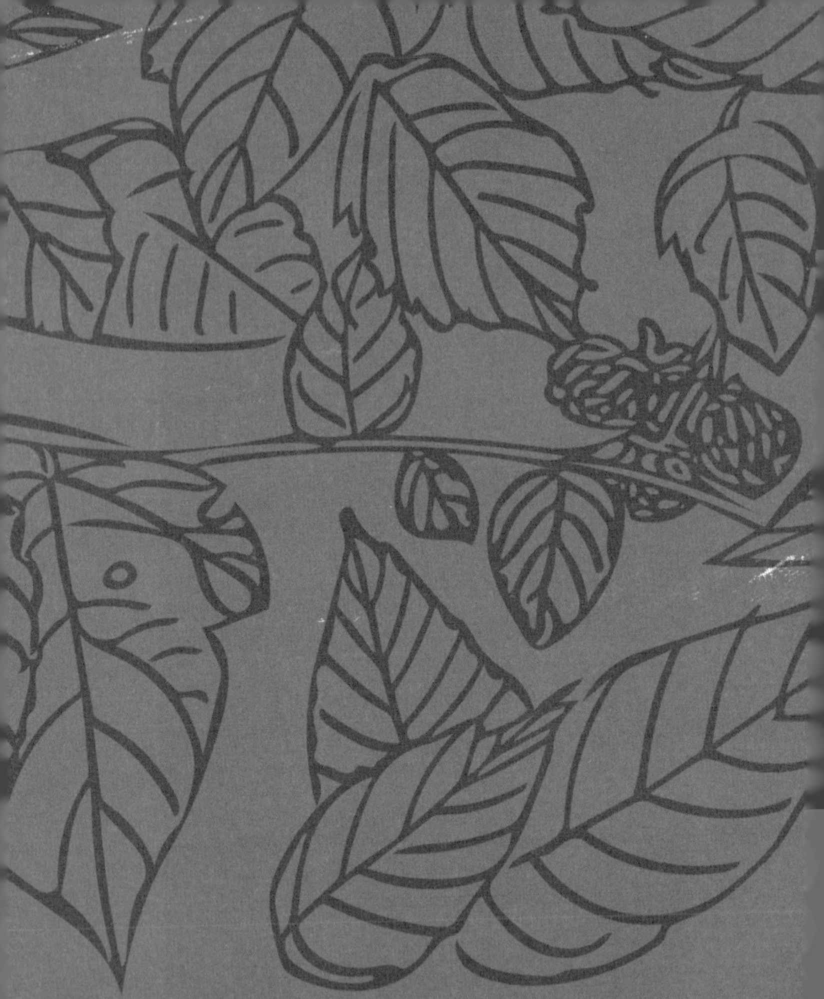

밤에 선선해져서 창문을 열고 잤다.
풀 내음이 한약만큼 진했다.

4부

계절 · 계절

우리집 노란 잔디가 매일 조금씩

와!

연두빛으로 변해간다.

지난 것은
없어지는 게 아니라
덮어지는 거구나...

문득 깨닫는 인생의 진리.

양평 냄새

기차 타고 서울 갔다가 양평역에 내리면 양평 냄새가 난다.
짙은 풀 내음이 나는 맑은 공기를 크게 들이마시면 집에 돌아
온 기분이 든다.
밤에 선선해져서 창문을 열고 잤다.
풀 내음이 한약만큼 진했다.

봄 산책

현관문을 열자마자 알았다. 코트는 벗어야겠다. 해가 날 녹일 듯이 내리쬔다. 바로 들어가 검고 칙칙한 코트를 벗어 던졌다. 과연 이걸 입을 날이 올까, 싶었던 봄 점퍼를 옷걸이에서 꺼내 입었다. 봄 산책은 단 두 걸음이어도 충분했다.

돌아온 것들

무성하게 자란 풀들 사이로 빨간 무언가가 보였다. 산딸기였다. 작년에는 거의 열리지 않아서 병들어 죽은 줄 알았는데, 오늘 원래 자리에서 멀리 떨어진 생뚱맞은 곳으로 산딸기가 돌아온 것이다. 멀쩡한 산딸기 네 알을 골라 따 먹으니 여전히 새콤했다.

그 옆에는 미국선녀벌레 유충도 돌아와 있었다. 또 꽃인 척하고 있었다. 돌아오는 건 모두 자연스럽다.

여름날, 무성한 풀을 즐기는 드라이브 법

1. 좁은 길을 지나면서 차 문으로 '투타타타' 나무, 풀과 하이파이브 하기.
창문이 열려있으면 살짝 차 안까지 들어오기도 한다.

2. 길 위까지 뻗은 가지를 타고 내려온 덩굴 스치기.
덩굴이 내 차 천정을 쓸 때, 손가락으로 내 머릿속을 스윽 쓰다듬는 것같이 머리카락이 쭈뼛 선다.

3. 아랫집 큰 나무 아래 줄기를 발처럼 드리운 길 지나기.
앞이 깜깜해졌다가 밝아진다. 세차할 때 물기 제거하는 것 같다.

부지런한 분들이 무성한 풀을 깎으면 1, 2, 3을 더는 즐길 수 없어 조금 아쉽지만,

4. 창문을 열고, 풀 깎을 때 나는 풀냄새 맡기.
지금만 즐길 수 있는 계절을 충분히 즐길 것.

벼 울타리

양옆이 논인 외길을 지날 때 옆으로 빠질까 봐 조금 무서웠던 논길이 있다. 어느 날 그 길을 지날 때 초록 벼 울타리가 있었다. 이제 무섭지 않았다.

겨울에만 볼 수 있는
눈 덮인 하얀 풍경.

그런데 겨울이 따뜻해져서
눈이 잘 안 온다.

후끈
왜 자꾸
인중에 땀이 나지?
후끈
오늘 패딩은
과했나

그래도, 양평은 눈이 오지 않는 날에도
가끔 하얀 풍경을 볼 수 있다.
와…!
모두 다 얼었네!

얼음꽃이 핀 나뭇가지.
얼음 옷을 입은 풀.

그렇게 마을 길을 걷다 보면

아, 차거
보들
아이스
강아지풀

아름다워.
와,
나만 안 얼었네.
마치 동화 속 한 장면에 들어온 것 같다.

양평 알프스

하얀 눈이 내리는 그 순간은 늘 아름다웠다. 그러나 서울 눈은 금방 도시의 색으로 물들었다. 사람들의 발에 밟혀 회색 눈은 도시를 통과해 금세 사라져 버렸다. 양평엔 눈을 훼손할 사람보다 눈을 보존할 자연이 훨씬 더 많다. 산과 강과 땅, 나무와 풀과 잔디는 눈을 오래 품어준다. 덕분에 사람들은 눈이 쌓인 광경을 눈에 더 오래 머금을 수 있다.

우리 집 거실에서 바로 보이는 산에 가파른 꼬부랑길이 있다. 이 길을 따라 창고인지 집인지 모를 건물들이 있다. 눈이 온 다음 날에 날이 따뜻하면 꼬부랑길에만 눈이 녹고 산에는 아직 눈이 남아있다. 그 풍경을 볼 때마다 감탄한다. 여기가 알프스다.

가끔 하늘에 구멍이 난 것처럼 눈이 많이 내릴 때가 있다. 눈은 야외 테이블 위에 백설기 떡 케이크를 만들고 의자 앉는 부분에는 푹신한 방석을 깔아준다. 뒷마당에 줄지어 심었던 대나무는 눈 무게 때문에 다 휘고 쓰러진다. 빗자루로 눈 쌓인 곳을 탁탁 치면 바닥을 향해 휘었던 대나무 허리가 띠용! 하고 하늘로 튀어 오른다. 게임 같다. 일 년에 한두 번은 눈 때문에 차가 발이 묶이기도 한다. 처음엔 당황했지만, 전원주택에 오래 살아보니 그냥 한 겨울의 이벤트다. 고맙게도 이웃분이 불도저로 마을 길을 돌며 눈을 밀어주신다. 아이들과 마당에서 우리 가족 눈사람을 만든다. 눈은 빨간 화살나무 열매로, 코와 입, 손은 나뭇가지로 만든다.
양평 눈은 혼자 살아갈 수 없음을 알려준다. 자연과 사람이 함께 살게 한다.

첫 책을 내고

"봄이는 커서 화가가 되고 싶어요. 엄마는 꿈이 뭐예요?"
"엄마 꿈은 책 쓰는 사람이야."

0.1초도 망설이지 않고 대답했다. 봄이는 아, 그렇구나. 했고, 나는 책을 쓰는 사람이 꿈이라 말하는 내가 마음에 들었다.

4년 전, 처음으로 퍼블리셔스 테이블에 갔다. 모두 다른 자신만의 이야기와 손에 느껴지는 책의 무게, 종이의 감촉. '나도 이런 거 만들어 보고 싶다. 내 만화도 책으로 엮으면 되겠다.' 마음에 어떤 불씨가 생겨났다. 뜨거운 마음을 품고 독립서점 투어를 다녔다.
그리고 아무 책도 나오지 않았다. 하고 싶은 만큼 두려움이 커졌다. 오히려 반대 방향으로 뒷걸음질 쳤다. 그래서 왜 해야 하는지에 대한 질문을 멈추고 지금까지 하던 대로 만화만 그렸다. 혼자 그림과 육아를 해나가며 점차 나는 소진되었고, 결국 무기력이 왔다. 삶에서 아무 의미를 찾을 수 없었고, 내 일이 전혀 기대되지 않았다. '이렇게 살면 안 되겠다.'는 절박한 마음이 들었다.
고요한 새벽에 일어나 글을 쓰면서 나와의 접속선을 다시 찾았다. 정말 하고 싶고, 가장 두려운 일. 계속 도망쳐 왔던 내 꿈을 붙잡았다. '책 쓰는 사람.'

밑미에서 보리님의 '내 이야기로 시작하는 글쓰기' 리추얼을 하다가 퍼블리셔스 테이블에 나갈 기회가 왔다. 그때 나는 브런치 작가가 된 지 얼마 안 되기도 했고 열심히 글을 써서 출판사 투고를 해봐야겠다고 생각하고 있었다. 그래서 마음의 갈등이 조금 있었지만, 먼저 독립출판으로 책을 내기로 했다. 더는 다른 사람이 나를 인정해 주길 기다리지 말고, 나부터 나를 인정해 줘야겠다는 마음이 들어서다. 완벽하지 않아도 스스로 내 이야기를 끝까지 완성을 해보는 일이야말로 지금 나에게 꼭 필요한 일 같았다.
혼자서는 끝까지 해낼 자신이 없었다. 그런데 이 길을 함께 가는 사람들이 있다면? 어쩌면 내 첫 책을 만들 수도 있겠다는 생각했다. 내가 부러워했고, 도망쳤던 그곳. 퍼블리셔스 테이블에 팀 '와글'로 참여하게 되었다.

난 자연을 보며 사색하는 걸 좋아하고, 자연을 소재로 한 만화도 많이 그렸다. 용문에 사는 소로의 일기, '용문소로일기'. 이거다 싶었다. 이미 해놓은 작업이 많으니 부담 없이 첫 책을 만들어 보기로 했다. 그런데 만화 위주로 첫 프린트를 해보니 내가 원하던 책의 모습이 아니었다. 나는 그동안 만화를 너무 많이 그렸다는 걸 깨달았다. 너무 많이. 이런 분량이면 책을 내도 몇 권은 냈어야 했다. 그림 톤도 자주 바뀌었고 원본 파일은 날아간 상태여서 수정도 여의찮았다. 만화를 많이 뺐다. 자연에 관해 쓴 글을 긁어모았다. 처음엔 욕심껏 다 넣었다. 실제 사진도, 소로의 문장을 필사한 것도 다 넣었다가 다시 뺐다. 더 많이 담고 싶은 욕심을 덜어냈다.

책 만들 때 가장 큰 적은 나 자신이었다. 이게 과연 책으로 낼 만한 이야기인가 하는 의구심, 자꾸 다른 책을 만들고 싶은 충동, 아무래도 쓰레기를 만들고 있는 것 같은 불안감, 책을 완성할 수 없을 것 같은 두려움과 싸워야 했다. 그러나 다행히도 나는 혼자 책을 만드는 게 아니었다. '와글'에는 은혜로운 마감 기한과 같이 책을 만드는 사람들이 있었다.
책 편집을 해야 하는데 건너뛰고 굿즈부터 만들 생각에 빠져 있을 때, 와글 멤버인 구르벌님이 '책 만들어야 하는데 일본어 공부를 하고 있다'는 인스타 스토리에 나만 그런 게 아니라는 위로를 받았다. 정말 함께하면 가벼워진다.

프린트한 종이 뭉치랑 싸울 때는 이게 정말 책이 될 거라는 확신이 없었다. 새벽에 일어나 책 표지를 그렸다. 인쇄해서 자르고 딱풀로 붙였다. 인형 옷 입히듯 사이즈 맞는 책을 찾아서 입혀봤다. 딱 맞는 책에 내 책 표지를 입혔다. 그때 책이 완성될 것 같다는 확신이 처음으로 들었다. 결국, 내가 '지금 만들 수 있는 책'을 만들면 된다는 걸 깨달았다. '만들고 싶은 책'은 방향성일 뿐이고, '만들 수 있는 책'을 완성하는 걸 목표로 가야 한다. '나는 이런 책을 만들고 싶었다'는 냄새만 나도 된다. 목표는 키므네의 책이 세상에 존재하게 만드는 것이다.

하루의 바쁜 일을 끝내고 이제 책 만드는 일만 하면 된다는 생각이 들었을 때 이제야 제대로 살고 있는 느낌이 들었다. 가제본 전에 아직 할 일이 많이 남아있지만, 이제는 내 책이 나온다고 분명한 목소리로 말할 수 있다.
작업하는 동안 나에게 질투와 지원, 응원을 모두 해준 남편과 바쁠 시기에 아이들 등·하원을 도와주시고 돌봐주신 어머니께 감사드린다. 엄마 일하러 간다고 하면 붙잡지 않고 보내주고, 몸도 마음도 건강하게 자라준 봄나무에게도 고맙다. 첫 책을 내는 순간을 함께한 팀 '와글'에게 고맙다. 오랫동안 나의 만화와 글을 응원해 준 많은 분께 감사한다. 그리고 경이로운 모든 자연과 나를 만드시고, 오늘도 내 삶을 주 뜻대로 인도하시는 하나님께 감사드린다.

그동안 독립출판 페어에서 내가 샀던 책들은 거의 다 '이런 건 나도 해볼 수 있겠는데?' 같은 마음이 들게 하는, 하고 싶은 용기를 채워주는 것들이었다. 어쩌면 내 책도 허접할수록 성공한 것인지도 모르겠다. 이 책을 읽은 분도 '나도 해볼까?' 하는 용기를 얻으면 좋겠다.

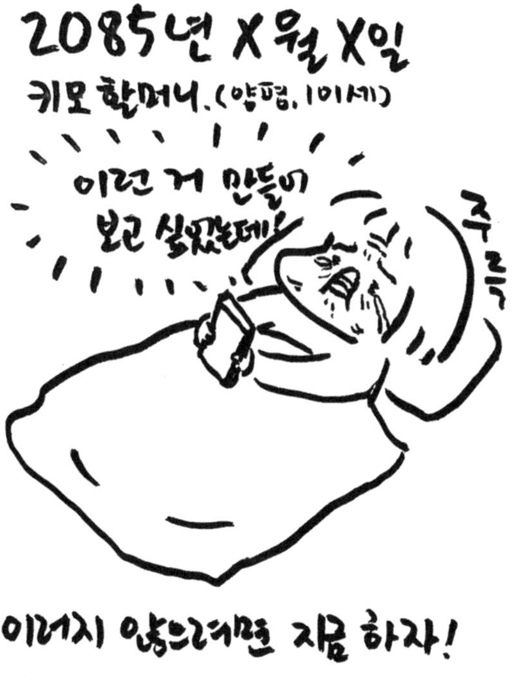
2085년 X월 X일
키모 할머니. (양평, 101세)
이런 거 만들어 보고 싶었는데!
주륵
이러지 않으려면 지금 하자!

용문소로일기

초판 1쇄 발행 2023년 9월 21일
글, 그림 키므네
편집 키므네
표지디자인 키므네
값 14,000원

인스타그램 kimune9
브런치 kimune9
이메일 kimune9@gmail.com